在爱情中，爱过的人多或者少，
并不能代表什么，
给过爱的人多少幸福与快乐，
才是最重要的。

从一九九八年到现在，我再也没有见过他写的一个字，
再也没有听过一次他的声音，再也没有收到过他的任何礼物，
再也没有在路上遇见过他一回。

有人说，爱上一个人，就是给了对方伤害自己的权利，
就是把自己的世界毫无保留地敞开给对方，
任由对方长驱直入，
肆意地在自己的世界里留下痕迹。

你曾以为非他不可的那个人，
终究被遗忘在时光里，成为一张泛黄的旧照片。
当有一天你再想起时，它会提醒你，
爱让人变得勇敢，变得懦弱，变得成熟，
变得坦荡，却不会改变你的人生。

# 如果你曾奋不顾身爱过一个人

If You Ever Loved A Person

小岩井
烟波人长安 等 著

中国华侨出版社

图书在版编目（CIP）数据

如果你曾奋不顾身爱过一个人／小岩井等著．—北京：中国华侨出版社，2015.9
ISBN 978-7-5113-5651-2

Ⅰ.①如…　Ⅱ.①小…　Ⅲ.①短篇小说—小说集—中国—当代　Ⅳ.①I247.7

中国版本图书馆CIP数据核字(2015)第215179号

如果你曾奋不顾身爱过一个人

著　　者：小岩井　烟波人长安等
出 版 人：方　鸣
责任编辑：紫　夜
封面设计：车　球
排版制作：书情文化
经　　销：新华书店
开　　本：880mm×1230mm　1/32　印张：9.5　字数：220千字
印　　刷：北京鹏润伟业印刷有限公司
版　　次：2015年10月第1版　2015年10月第1次印刷
书　　号：ISBN 978-7-5113-5651-2
定　　价：36.00元

中国华侨出版社　北京市朝阳区静安里26号通成达大厦3层　邮编：100028
法律顾问：陈鹰律师事务所
发 行 部：（010）82068999　　传真：（010）82069000
网　　址：www.oveaschin.com
E-mail：oveaschin@sina.com


如发现图书质量问题，可联系调换。质量投诉电话：010-82069336

# 目　录

## 第3章 最爱的人，往往不能共度余生



## 第4章 只愿你们好好在一起

# 第 1 章

## 如果你曾奋不顾身爱上一个人

# 一生只爱一个人

小岩井

有一封邮件，寄件人说她从初恋到现在都是那一个男人，现在两家人在商量结婚的事。男朋友很坚定，对她也很好，她却开始犹豫了。她说见过越来越多优秀的人，感觉男朋友除了对她好，其他都蛮普通的，便开始觉得自己最好的年华都给了他，以后一辈子都只能爱一个人，会不会有点可惜，然后又对这样想的自己感到卑劣和羞愧。

最后她问我：“小岩井你说，真的有人能做到一辈子只爱一个人吗？”

我的回答很简单："我不认为一辈子只爱一个人是件可惜的事，也不认为一辈子爱过很多人就是一件不道德的事。"

**在爱情中，爱过的人多或者少，并不能代表什么，给过爱的人多少幸福与快乐，才是最重要的。**

判断一个人爱的价值，要去感受他对你独一无二的温柔，而不是计较他是否足够好，或者他爱过几个人。

于是我又想起了朋友宋跟我讲过的他父母的故事。

宋开始讲这个故事的时候咖啡馆有点吵，我也有点心不在焉，偷瞄着后桌的三个漂亮女生。那三个女生此时在同仇敌忾地数落自己男友不体贴、不温柔，眉眼虽是紧蹙的，空气中却是掩不住的欢喜，这种欢喜就像父母喜欢当着外人的面数落自己的孩子一般，是出于喜爱的挑剔。我偶尔用余光扫到她们的眉飞色舞，听到一句："温柔的好男人都死光了吗？"

真巧，宋讲的这个故事，就是有关温柔的。

宋爸以前是在小镇上开地下赌场的，宋的叔叔是做民间借贷的，说白了，就是放高利贷。当然，他们明面上都有正经的工作，这个不好细说。

可想而知，宋从小是在什么样的环境下长大的，虽然没有香港电影中的黑社会那么夸张，但他偶尔参加大人的聚餐还是觉得那些大人们喝酒、抽烟、说脏话的样子很不舒服。从外表上看，宋爸跟温柔完全不沾边。

尽管如此，父亲和叔叔在宋眼里，并非什么凶神恶煞的坏人。据宋所知，他们并没有做什么出格的事。

宋从小就不是个好勇斗狠的人，跟宋妈的性格很像，文静内向，喜欢看书，喜欢小猫小狗、花花草草。

因为宋爸的关系，周围的家长都不会让自己的孩子跟宋接近，宋被孤立着。

而在这样的环境下，宋没有变坏，完全是因为宋有个优雅的好老妈。

宋妈以前是个越剧演员，宋自豪地说："和同学、朋友的妈妈比起来，我妈是最年轻、漂亮、有气质的，怎么也不似小镇上的中年妇女，用现在的话说，像个大龄文艺女青年。"宋妈喜静，待人温柔，平时也不喜外出，在家种花养草，看书刺绣，念佛打坐，兴起之时唱唱越剧名段。她养了一只黄狸猫和一条大白狗，都很乖巧，不吵不闹。日子过得平淡而清闲。

宋爸年轻的时候穷，又没什么文化，虽然脑子灵，但是出身贫穷又没技术，外公很看不起他，觉得配不上宋妈。然而宋妈跟宋说，她从来没想过嫁给他父亲以外的男人，因为只有宋爸看她的眼神，是温柔得可以融化人的。

后来宋爸捞偏门（那时候还没开赌场）发达了，对外公一家三天送小礼，五天送大礼，搞得外公无所适从。让女儿嫁吧，显得自己嫌贫爱富，前倨后恭；不让吧，女儿芳心已许又说不过去。

最后还是宋妈霸气，气冲冲地来到宋爸面前，斥骂道："买母猪呢，我说了要嫁你吗？"

宋爸无所适从，傻笑道："这不行，落子无悔啊，不带这样毁棋的哈。"

宋妈气笑了："落个屁子，我告诉你，我一不温柔体贴，二不任劳任怨，你要敢对我发脾气，我拍拍屁股就走人。"

宋爸当场就抱住了宋妈，生怕她要逃走一般，大声说："你放一百个心，以后体贴温柔我来，发脾气你来，咱俩男女搭配，结婚不累！"

嘿，就这么成了。

宋的叔叔经常跟宋吐槽，说："你爸跟你妈，根本就不像我们这个年代的夫妻，不知道的还以为演电视剧呢，男人气魄都没了……”

这话真不假，从小到大，父亲对母亲的温柔宋都看在眼里，简直可以说是轻声细语，低声下气，生怕惊着了她，她真的拍屁股走了。现在想想，父亲简直把母亲当作女儿般疼爱着，生怕她受一点委屈。而宋妈也只有在父亲面前跟平时不一样，时而骄横，时而任性。每当父亲回来晚了，她就故意锁门不开，唱起越剧讽刺道：“官人你好比天上月，为妻好比月边星，月若亮星也明，月若暗来星……”

搞得宋后来也会在旁边一起唱。

吃饭时父亲如果随口嘟囔菜淡了或咸了，她会立刻甩脸子把菜收起来不给父亲吃，还嗔怒道：“白眼狼，不好吃就去外面吃花酒啊，好吃得嘞！”父亲每次都像做错事的小孩一般挠头傻笑：“没法比，没法比啊……”而事实上，从宋有记忆开始，父亲几乎都是回家吃饭的，无论多晚。

而这种故意找碴儿气母亲的事多了，宋才明白其实父亲就是故意的，看母亲的嗔怒，算是他的一种恶趣味。看他背着母亲咧嘴笑得跟白痴似的，就知道他心里别提有多开心了。

每次吃饭时看着父亲看母亲的眼神，宋怎么也不相信有这样眼神的父亲在外面会对人耍狠。

某个周末，宋打完球在回家路上，发现他俩在附近的公园散步。母亲在稍前面点，不时回头貌似在说着什么，父亲不住点头的同时视线却瞄着母亲的左手，他的右手每次悄悄靠近想牵起她的手时，母亲一回头，他就把手倏地缩回了口袋。这个场景，宋每次回想起来，都觉得异常窝心。

在他们的爱情中，宋更多的是像个坐在VIP席位的观众，最近距离感受他的温柔和她的幸福。

一切本来非常美好，生活按部就班地走向幸福。

没想到叔叔一语成谶，这对夫妻竟然遇到了命运这个老套又残忍的编剧的捉弄。

宋上大学那年，母亲确诊是癌症晚期。

宋爸疯了，把医生摇得跟色子似的反复求道："多少钱都行，我老婆不能死啊！多少钱都行，我老婆不能有事！求求你了医生！求求你了！"

那是宋第一次看到自己的父亲求人，也是宋第一次看到他在大庭广众之下哭得像个孩子一样。

在那之后，宋爸什么都不干了，只是到处求名医、找进口药，只要听说有效，不管三七二十一都要去试一试。医院换了好几家，各种治疗都试了，效果还是不明显。几个月下来，宋就没见他咽下过什么东西，整个人瘦了一圈，皮带都宽了两个扣眼。

宋妈这些年就没吃过苦、受过累，这病着实让她越来越受煎熬。尤其是爱美的她日渐憔悴，有时候难受起来就不让宋爸进去看她。宋知道，她想在父亲心中一直是美好的，不想让他看到她狼狈的一面。

宋妈说就当是替宋爸还债了，万般带不走，唯有业随身，也许自己过得太舒服，天都看不过去了，把上辈子的福报都花完了，所以用阳寿来补。有一次她悄悄跟宋说："我最担心的不是你，而是万一我真的走了，你爸可怎么办啊，这糙汉子可别乱来啊……"

宋曾经以为他这个VIP观众看的是一场喜剧，谁知一转眼，喜剧变成了悲剧，百般滋味个人尝。

拖了一年，她还是去了。

彻夜守灵的时候，总看到宋爸一个人在喃喃自语，好像在跟宋妈对话似的，一会儿笑，一会儿皱眉，一会儿又拿头撞墙。看得众亲友胆战心惊，生怕他一时冲动。

好在宋爸最后没做傻事。但那之后他整个人都不对劲了，什么都不想做，成天拿着宋妈生前的衣服、物件，闷在房间里，饭也不好好吃，就是不停地喝酒。宋住校，每周只能回来一次，每次回来都要好好打扫整理一番，心里难受得很。

祸不单行，那一年，全国严打，宋家所在的小镇的地下赌场被告发了，小赌场被当场端掉，宋的叔叔作为代理老板被刑拘。开赌场，肯定要坐牢的。

宋爸听说宋叔被抓了，主动自首扛了大头。所幸镇子小，他平常也确实没做什么坏事，抓不到什么实证，上下斡旋，最后宋叔被判了一年三个月，宋爸被判了两年。

很多年后，一切都过去了，看着已经习惯喝茶、念经、晒太阳的慵懒老头子，宋突然想起一个疑问："爸，妈当年说了什么遗言啊，当时我不在场，你也一直不肯说。"

老头子神色一下变得柔和起来，略带窘态地说："你妈走之前回光返照，突然眼睛很亮，跟我撒娇，想听我唱段越剧。"

“我当时很为难，我哪会唱越剧那种玩意儿啊，也只能硬着头皮唱了一句《天上掉下个林妹妹》，不过我唱的是——天上掉下个好老婆，似一朵轻云刚出岫……然后我就说真不会唱了。”

“这样啊，那妈怎么说？”

宋爸的嘴角是笑着的，眼角却渗出了泪。他说：“你妈就一直笑个不停，最后说了一句‘真难听’。”

宋说到这里，咖啡馆里已经无比安静。

# 明前茶与波斯猫

午歌

明前茶是他的初恋寄来的。

时间还在三月里，日光金贵，特别是在一个暖洋洋的午后。他从快递小哥手里接过包裹，看了地址，却没有急着拆开，只是端正地摆在桌上的一簇阳光里。

蓝眼睛的波斯猫是去年夏天意外捡来的。一场暴风雨过后，小家伙蜷在他的窗外喵喵直叫，他开窗将它迎了进来，用一条长浴巾为它拭去了浑身的雨水——它的蓝色眼睛似海洋结晶，他望了一眼，便沉醉其中。

他有新书出版，会第一时间想着寄给初恋。他会在封面上写些常见的问候文字，签名简短而娟秀，仿佛唇角隐秘的微笑。

大概四年前，他的第一本小说出版，她读到后，通过出版社联系上了他——多年未曾联络，生分地寒暄了几句，他们便找不出合适的话题让谈话继续，但好像一时又舍不得挂断电话。

她说："新收购了一家茶厂，不如寄些明前茶给你。"

他说："好。"

电话里又陷入沉默，片刻，他和她竟然异口同声地说了句"珍重"，才化解了最后的尴尬。

蓝眼睛的波斯猫其实很喜欢他写作时的样子。

他有豁亮的脑门，在月光下扭亮台灯时，额前便闪出床前明月光一般的智慧与温柔。它起初不太懂这位新主人，他总是双手在键盘上一阵忙碌，自言自语，时而又停顿下来沉默无声。他有时会望向它，浅笑一眼或者泪光点点，再埋头写下去。

它想，在它爱上男主人之前，他一定先深深地爱上了它。不然他怎么会抚摸它狭长而性感的背，又在它海蓝色的眼睛里陷入深思？

明前茶的味道其实很寡淡。茶叶在沸水浇灌的瞬间向四周旋开，跌跌撞撞地挤满透明的玻璃杯壁，叶片翠嫩，上下弹跳，像一场青黄不接的爱情。

他并不急着拆开包裹，就像他静静地看着泛满油光的茶汤，并不急着饮下一样。亨利·米勒说："忘记一个女人最好的办法，就是把她变成文学。"他的文学里曾出现过不同的女人，但当他用一杯滚烫的明前茶引燃思绪，水汽袅袅，茶香弥漫了整个房间时，他的指尖却只有关于一个女人的文学。他浅浅地呷上一口。明前茶的味道其实很寡淡，寡淡得竟有些纯澈。

令蓝眼睛的波斯猫讶异的是，他的目光会彻底地从它的身上消失。

但它不甘心，它"喵"的一声蹿上写字台，在盛满茶汤的玻璃杯壁上，恍然照见眼球凸起、面颊臃肿的自己——可恶，为什么这杯茶水要丑化自己。它又蹿回沙发，在蒲团垫上，伸出尖巧的舌头，轻轻舔着自己的胡须，一副顾影自怜的可人模样——但他竟然毫无察觉。

明前茶的杯子里，叶片渐渐沉入水底，那种浅薄的绿色，并不像它的蓝眼睛一样高贵而优雅。他开始在电脑前急速书写，“啪啪啪”地敲击键盘，宿命般地在完成某种庄严的仪式。它发现自己再没有出现在他的眼睛里，那杯可恶的明前茶就放在他的左手边。阳光很好，在透明的玻璃杯壁上熠熠生辉，而于它而言，更像一种挑衅。

那玩意儿到底有什么魔力？

它终于忍无可忍，壮着胆子跳上书桌，并假装不经意地，用自己健硕的身躯，毫无征兆地撞在明前茶的玻璃杯子上。

咔嚓——杯子应声落地！

他叹了口气，扭身折进厨房，拿来拖把和扫帚。

它趁机蹿了上去，伸出舌头，卷起残破玻璃片上的一汪茶汤——明明是苦中带涩的液体，有什么值得喜欢的？它不明所以地跳开。

这时候他的手机响了，他明显地沉了沉气，按下接听键，说道：“嘿，收到了，好喝，很喜欢！”

蓝眼睛的波斯猫终于按捺不住愤怒了，它始终不明白，为什么它的男主人会为一杯明前茶说谎。它径直冲进后院，跳出藩篱，在一棵正落叶的香樟树下踱来踱去。

“对了，一直很想问问你，茶厂那边的生意怎么样？”他说。

“其实生意不好，前年已经盘给朋友了。听你说喜欢，就赶在清明前，从朋友那边买了一些。”她说。

夕阳完全沉沦后，蓝眼睛的波斯猫才返回家中。书房里熄着灯，波斯猫疾步冲进来，却不承想被地板上的玻璃碴子刺痛了脚掌——是那杯破碎的明前茶最后留下的。明明是苦中带涩的液体，有什么值得喜欢的？它轻巧地踩过去，就像什么都没发生过一样。

## 我喜欢过的你

苏辛

我喜欢的第一个男人，其实不算是男人，只是个男孩，因为那时候我还只是个小女孩。他十三岁，我十二岁。他坐在我的后排，个子跟我一样高，那时候我身高一米五九。他肤色深，圆脸，眼睛不大，左眼的外眼角有一粒很小很小的黑点。为什么会喜欢他，我不知道。也许只是因为我们整天在一起玩，也许只是因为他耐心又温柔。与周围的男生相比，他很少做恶作剧，几乎不骂人。我们在一起时也不过是打打闹闹，聊天胡说。我喜欢看他的眼睛，黑黑亮亮，闪着光。有时候上课时我会回过头去，正好碰上他的目光，刹那间会羞红了脸。

他喜欢我吗？我不知道。他曾送我一纸歌词，是从《中学生数理化》封三上撕下来的，抄着郑智化《生日快乐歌》的歌词。我们认识的时候是初一下学期，只有几个月的时间。到了初二，便有人说我们的闲话。那是很羞耻的事。为了避嫌，我忍住了太多次想要和他说话的欲望，只是在幻想中一遍遍排演我们偶遇、聊天、玩的情景。我的歌词本上抄了《生日快乐歌》的歌词，传了一圈回来，旁边有眼熟的字体，写着“过去的，就让它过去吧”。我不记得当时有没有心酸落泪。

初二整整一年，我只用眼角眉梢觑着他，很少正视他，更很少跟他说话。只有体育课被改成自由活动的时候，我偶尔会在教室黑板上写刚背下的词：“雨打梨花深闭门，忘了青春，误了青春 。”我希望他看见，但始终也不知道他有没有看见。

初三分了班，我们不在一个教室了。他在初三（1）班，我在初三（2）班。我忘记自己是有心还是无意，认识了坐在他前排的女生。那女孩比我大两岁，我有点崇拜她。暑假的时候每天骑车去她家玩，要爬一个几十米高接近40度的大坡。曾通过她给他递礼物吗？我忘记了，真的一点也不记得。我好似没为他做过什么，除了深深地，深深地思念。

我认识了他的几个好朋友。晚自习的时候，我看见他朋友在教室里最后一面窗户旁坐着，我会到教室最前面的窗子前，轻声唱起一首歌。我想让他的朋友知道，喜欢他的女孩，其实很不错。

他家的村子在我们村东边四五里外，跟我家一样，他也是他们村7组的。我觉得这是很美好的巧合。穿过他们村的公路，再走两三里地，就到我的一个好友家了。暑假的时候，我会经常去她家玩。每次骑车从他们村里经过，我都会担心在街上遇见他，又会担心遇不见他。当然，一次也没遇见过。直到现在，偶尔经过他们村里，我还是会有这样的担心。

他的姑姑嫁到了我们村里，有时候他会到我们村来走亲戚。我父亲经营一家木材加工店，店铺在我们村的公路边。忘记是哪个冬天，也许是初二，也许是初三的寒假，有一天，我靠在父亲的店门口的一摞粗大槐木上，啃着一颗“糖葫芦”——用加了红色食用色素的糖浆浇在一颗略皱的青苹果上做成的——嘴唇被染得红红的，突然看见他骑着自行车从我眼前经过。他没有看我，低着头，好像很专注。现在想起来，那一刻，漫长得像十分钟。然而他什么也没说，似乎什么也没看，就骑车过去了。

初三就要结束了。我们要去城里参加毕业会考。大多数人都骑车去，我也一样。骑到我们乡政府所在的街上时，我碰见了也在骑车的他。他停车，站住，像个大人一样对我说话。但我已经记不得他说了什么，现在想起来，像是个默片。他带我一起去坐三轮车。那时候中巴还很少，也可能没有，即使有也比较贵。进城用得更多的是“三轮车”——大农用三轮车改造成的，加个车棚，棚内左右各放两条绷了棉垫的木板。车棚上多焊一道铁杠，可以把自行车的龙头卡在那里，这样既能带人，又能带车。我跟他去坐车，两个人的自行车都挂在铁杠上。他坐在我对面，三轮车轰隆隆地响。我们说话了吗？也许是说了的，但现在回想，一切都是默片。

到了城里，我们下车，我以为他会跟我分开各走各路，他却问我要去哪里。我说我去东商贸，他便跟我并排骑车送我。并没骑多远，要带我去东商贸住宿的女孩过来了。

会考三天，我没有再遇见他。父亲给了我三十六块钱，我买了一本《红楼梦》、一本《警世通言》，花了三十二块钱。

会考后放假的三天，我几乎没睡觉，囫囵把《红楼梦》吞完。

会考回来后不久，是我的生日。那时候我还不知道我的公历生日是多少，只知道农历生日。每年石榴花开的时候，我就要过生日了。这次，他来叫我，说他有礼物送给我。

不知道他是怎么跟住校的老师借了宿舍——那时候老师们都有一间小房子，偶尔不回家的时候就住那里。晚上熄灯以后，我跟那女孩坐在屋子里，灯泡发出黄色的光。他送我两兜甜点，还有一个八音盒。那个八音盒是一个金字塔，非常巧妙地利用重心让一只鹰把鹰嘴停在金字塔尖的凹洞里，轻盈地展着双翼。我们还是没有说太多话，也来不及说几句话，有几个“混子”学生忽然开门进来，看见我们就准备嘲笑。他站起来，笑着伸开长长的胳膊，嘴里说着不相干的话，把他们拥了出去。我和那女孩等了一阵子，不见他回来，只好回宿舍去，因为再不回去宿舍就要锁门了。而这时候校门已经锁了，我问那女孩他该怎么回家，她说：“不要担心，他会翻墙。”

再过几天，就要中招考试了。夜里十点多，教室的灯都灭了，我打着手电在屋里看书。其实不是看课本或复习资料，那一年我总不知道自己在做什么。我坐在教室的最中央，屋里还有两三个人，窗外什么也看不清。这时候我听见有轻微的敲窗户声，看见一个模糊的人影，就像梦游一样走了出去——其实我看不清是谁，只是觉得应该是他。出去一看，果然是。

我们站在二楼的栏杆前，楼前的松树已经长得非常高了。初夏的夜晚是温凉的，没有月光，教学区的灯也差不多都灭了，黑黢黢的一片。他在我身边，比我整整高了一个头。他有一米八了，是我这辈子爱过的，身高最高的男人。

他给我一支钢笔，说自己今天就退学了，明天就不来学校了。我不知道我说了什么，也许什么都没说。他又说，××他们在楼下等着他呢，他走了。

他下楼两分钟后，我听见一阵响彻校园的自行车铃声。他和他的朋友们用力揿着车铃，铃声渐远，他们走了。

第二天，我用那支钢笔写字，它突然掉到地上，笔尖直接坏了。

他离开我之后，我继续读书、考试。第一年中招考试落榜，回校复读。一九九六年元旦时，我去找中考住宿的那家女孩玩，下坡的时候没留心，摔伤了腿骨，休学了半年。之后又去复读，考上高中。上了高一，我还是想他，终于忍不住写了一封信寄到他家。不久后，我收到他的回信，在那一刻，我对他的爱忽然放下了。

我想我一直需要一个疼爱我的哥哥。

我们俩陆陆续续通了两年信，早已辍学的他已在Z市打工。他给我留过一个电话，那年他生日，我打了好几次电话过去都没找到人。又过了一段时间，他写信给我，说他女友看到我给他写的信，哭了一整天，跟他生气，他解释了好久，所以有一段时间没跟我联系。

我犹豫了几天，回信说，好好对人家，我们不用再联系了。之后，他又写了一封信，我再也没有回复他。从此之后，我就再也没有他的消息。

高二的一天中午，我去浴室洗澡，出来后发现我的好友们在疯狂地找我。她们说："你哥哥来看你了，他个子高高的，在咱们班门口等了你半个小时，后来等不到，就走了。"

高一我生日的时候，还曾收到他寄给我的礼物，一只雪白的毛绒小狗，有琥珀色的眼睛。我跟它鼻子顶着鼻子，对了半天眼睛。我从来对毛绒玩具无感，他不知道，后来还寄给我一个布娃娃，粉红色的，穿着格子裙。

二〇〇一年我到Z市上学，拨了几年前的那个号码，他早已不在那里了。

**从一九九八年到现在，我再也没有见过他写的一个字，再也没有听过一次他的声音，再也没有收到过他的任何礼物，再也没有在路上遇见过他一回。**

# 如果你曾奋不顾身
# 爱上一个人

丁麟

有人说，爱上一个人，就是给了对方伤害自己的权利，就是把自己的世界毫无保留地敞开给对方，任由对方长驱直入，肆意地在自己的世界里留下痕迹。也有人说，恋爱就是一场攻城拔寨的战争，谁先动了真感情谁就先乱了阵脚，最终在这场较量之中落得一败涂地。

**我希望爱情不是一场硝烟弥漫的战争，而是你情我愿，没有精心算计。我可以肆无忌惮地对你好，不必担心你会因此把**

**我看轻；我可以奋不顾身地去爱你，不去计较我的爱是否能得到你的回音。**

## 1

老张是我认识的唯一一个情圣。情圣的意思就是经常会被爱情折腾得死去活来，还死不悔改的那种人。

我和老张是在高二上学期的时候认识的，那时候文理科分班，我和老张双双都从原来的理科重点班调到了文科班，不过我们并没有分到同一个班，而是门对门的两个班。文理科分班的时候宿舍进行调整，我不愿意继续住校，就去学校外面租房住。在找房子的过程中遇到了老张，我俩一拍即合，一起合租了教师宿舍楼的一个地下室。

当时的一中，文科班集合了各种差生、混混，还有一些所谓的文艺青年，但事实上只是一些读过郭敬明的书的家伙们的聚集地。用我当时的班主任的话来说，我们这帮人不是文科特长，而是理科特不长。学校也乐得这些家伙聚集在一起自生自灭，把这些“人渣”剔除，留下那些规规矩矩的好学生正好能够好好学习，努力升学，为校争光。

我们这一届一共三个文科班，汇集了这一届各路的“牛鬼蛇神”。有已经承包了校门口一个迪厅的大混混；有每天玩摇滚、跳街舞的乐队、组合；有一时兴起半夜离开学校独自徒步流浪去西藏，在半路上已经沦为乞丐，最后被正、副校长和家长一起找到的问题少年；还有一个纯女性的混混组织，叫作“七里香”。

有一天半夜里，老张突然把我推醒，然后严肃地跟我说：“小丁，我爱上一个姑娘了。”

说这话的时候，老张神色庄重，就像是在教堂里面对着神父说“我愿意”一样认真。

我努力揉着眼睛，接过老张递过来的烟，说：“那就上呗！”

老张眼睛瞪大，大声叫道：“不许这么轻浮地说她！”

我瞬间睡意全无，认真地看着老张的表情，然后我就明白，完了，这小子看来是真的陷进去了。

我装作镇定地将烟点燃，深吸一口，才随意地问道：“谁啊？”

老张这时候反而扭捏了起来，目光闪烁半天以后，才小心而又庄重地反问我：“‘七里香’你知道吧？”

我手一抖，烟灰落在了枕头上，接着手忙脚乱地抓起枕巾将烟灰抖掉——还好没有烧开洞——然后才冲着老张吼道：“什么？别跟我说你喜欢的是那几个泼妇里的一个！”

不知道是不是受了葫芦娃的感召，我们这座小县城的混混特别喜欢“七”这个数字，五中有一个著名的混混组织“七匹狼”，一中就有一个纯女性的混混组织“七里香”。那时候周杰伦正如日中天，走到哪儿都会有人哼一曲《东风破》，《七里香》发布的时候更是大街小巷都在传唱。但是在一中，提到“七里香”的时候，大家想到的就绝不仅仅是周杰伦，还有那七个女混混。

起初我对这个传奇女子组合还是充满了幻想，毕竟“七里香”这个名字很美。巧的是，文理分班以后，我就跟“七里香”中的三个人分到了同一个班，从此幻想就破灭了。

这三个姑娘中，一个只有一米四五的身高，却腰粗膀圆，脸肥腻得让人感觉随时会沁出油来；还有一个倒是身材挺好，但是那张脸实在惨不忍睹，偏偏还喜欢浓妆艳抹，化妆化得就像是刚吸过人血的女鬼一般，让人看一眼就头皮发麻；剩下的一个长得又高又壮，走起路来像个土匪。这三个姑娘的共同点是都异常剽悍，言必称“老娘”，经常下课以后聚在楼道里抽烟。平时，老师也不敢去招惹她们。

所以我一般都暗自吐槽这几个姑娘为“泼妇”，当然，我不会傻到公开去这样说，真要动起手来，我觉得那些土匪一般的姑娘的战斗力远在我之上，何况她们是一个七人的团体，何况她们还有一帮其他混混兄弟。

现在听老张的口气，他好像是喜欢上了“七里香”里的一个姑娘，这实在让我有些把持不住。

“你别这样说她，她不是你想的那样！”老张的眼睛又瞪大了。

“这就护上了？那几个娘儿们我可认识，个个都不是善茬，你小子脑袋里养王八了吧，居然看上那样的！”我也瞪了回去。

老张的气势弱了一些，拧着眉头深吸了几口烟，片刻后又抬起头，目光重新坚定起来：“我说了，她不是那样的，跟你们班里那几个不一样。”

我一怔，才想到，“七里香”里面我不过就认识我们班的那三个而已，这么轻易下判断的确有些武断，但我也实在想不到能跟我们班那三位组合在一起的姑娘会是什么样的。

## 2

第二天早自习的时候，我去隔壁班把老张叫了出来，根据他提供的坐标看到了他喜欢的姑娘。

那是一个单眼皮、短发齐肩的漂亮姑娘，我看过去的时候，姑娘正在和身边的人说着什么，突然展颜一笑，我瞬间心神荡漾。

这个时候老张在我腰上捅了捅，我才意识到自己的表情太投入了。

“正点！好眼光！”我在老张肩膀上重重一拍，回到自己班里。

早自习结束以后，我跟老张一边溜溜达达地往外走，一边打量着跟一群姑娘簇拥在一起、热热闹闹地走在前面的楚玉。

楚玉就是那个老张喜欢的姑娘，“七里香”中的五妹，同时也是我们这一届校花榜排前三的人物，无数男同学心中的女神。

我一边欣赏着楚玉的窈窕身姿，一边目测：“长腿细腰，可惜胸有点小，不过也算是极品了！”

说这话的时候，我转头看着身边的老张，只见他此时目光迷离，嘴上带着一种欣慰而满足的笑，整个表情就像是在告诉别人，只要能这样看着前方这个姑娘，就此生无憾，她若安好，就是晴天。

我心想完了，这小子已经提前进入备胎模式了。

吃早饭的时候，我一边咬着包子，一边问老张：“你接下来有什么打算？直接表白吗？要不要我帮你写情书？”

老张神情呆滞，有些魂不守舍，一勺汤送到嘴里一半，洒了一半。听到我的话，他才抬起头来，目光黯淡，有些颓然地回答道：“她有男朋友了。”

我去找班里一些消息灵通的家伙打听，很快知道了关于楚玉的很多事情。

楚玉街舞跳得很好，歌也唱得好，长得又漂亮，有着很好的家世背景——据说她爸爸是县里某个局的局长。这样的姑娘自然不会过得太安分，因为既有可以不安分的资本，也有随时重新来过的资本。

不安分的意思是，这样的姑娘身上会发生很多的故事。

关于楚玉和她男朋友的故事是这样的：楚玉之前有一个混混男朋友——我们姑且称为混混甲，混混甲有一个一起混的好兄弟——我们称其为混混乙。混混乙过生日的时候，邀请混混甲过去一起庆祝，混混甲就带着他的女朋友，也就是楚玉，过去了。结果在生日宴会上，楚玉对混混乙一见钟情，在生日宴会结束以后就跟混混甲分手，火速跟混混乙在一起了。

如果仅仅是这样，这还只是一个一般的勾引二嫂的江湖故事，难得的是，这件事以后，混混甲，也就是楚玉的前男友，跟混混乙，也就是楚玉的现男友，依旧保持着原先的兄弟关系，而且三个人还经常一起结伴逛街、吃饭，丝毫看不出有任何嫌隙。

除了有一个混混前男友和混混现男友之外，楚玉还有四个结拜的混混大哥，楚玉自己更是一中唯一的女子混混组织“七里香”中的老五。据说整个一中只要混的人见到楚玉没有不给她面子的，除了因为楚玉有着如此错综复杂的江湖关系，也因为楚玉本身的美貌，谁会不给一个如花似玉的妹子几分面子呢？

了解到这些以后，我语重心长地对老张说：“兄弟，咱还是放弃吧，这样的姑娘，咱搞不定的！”

老张低头抽烟，一句话都不说。

接下来的日子里，我便经常能见到楚玉的男朋友过来找楚玉。他是个看上去挺帅气的小伙子，笑起来的时候阳光灿烂，不笑的时候则显得硬朗有型。

虽然理论上我应该毫不犹豫地站在老张这边，但是平心而论，楚玉跟她男朋友真的是很般配的一对。

而老张无论从哪个角度说，竞争力都弱了一些。

后来我又见到过长相有点痞子气的楚玉前男友，身高一米八五、身为校篮球队主力中锋的楚玉的结拜大哥（据说有十几个女朋友），冬天能收到很多条围巾的楚玉的另一个结拜大哥，以及各路经常来找楚玉玩的混混，更加觉得老张希望渺茫，即使作为备胎也属于垫底的那种。

老张把这一切全都看在眼里，却一言不发，也不采取任何行动，依旧每天上课下课，跟没事人似的，只是在上课的时候才偷偷注视一会儿前面楚玉的背影。

我倒是着急得不行，晚上逮着老张问："你到底要怎样，是就这么放弃了，还是在暗地里憋大招，准备来个一鸣惊人？”

老张把头转开，嘴里吐着烟圈，良久才悠悠开口：“不打扰是我的温柔。”

靠！五月天的歌词都出来了！我瞬间泄气，转身去睡了。

## 3

没想到这一年秋天的时候，老张的机会竟然真的来了。

楚玉失恋了，原因不详，只知道楚玉的四个结拜大哥要去联手揍那小子一顿，被楚玉拦住了。过了一段时间，那小子就转学离开了一中。

失恋后的楚玉不再像以前那样欢快灵动，而是有些沉默寡言，人也瘦了一圈，不过倒是显得凄楚动人。

而我这段时间沉迷于网络游戏，每天泡在网吧“练级”，也顾不上关注老张的事情，更何况这都小半年没动静，我也失去了热情。

某一天我从网吧归来，去学校附近的一家小饭馆吃饭，进门后就看到了和楚玉面对面坐着吃麻辣烫的老张。

我吃惊地把烟头戳在了身边走过的一个人的手臂上，自己却不知道，听到那人的尖叫声才反应过来，连声跟人说对不起。好在只是稍微烫了一下，那人也没有多加计较。

等我回过头，正好迎上老张和楚玉注视的目光，不光他们，店里所有客人都在看着我这边。

我捋了捋有些发油的头发，恢复镇定之后向老张打招呼："嘿！你也在这里啊！"

老张很深沉地点点头，说："嗯！"

我接着向楚玉打招呼："美女，你好！"

楚玉微微一笑，向我招招手说："你好！"

接下来我便有些不知所措，不知道是应该凑过去跟他们坐一桌呢，还是自己坐另外一边。

楚玉看着老张，柔声问道："你朋友呀，要不让他坐下一起吃？"

老张斜睨了我一眼，我连忙说："不用不用，我有点事得赶紧回去，打包几个包子带走就好。"

接着我火速点了一笼包子，拎着赶紧逃走。离开的时候楚玉还对我摆手告别。

晚上，老张回到地下室的时候手里拎着几瓶啤酒、几样打包的小菜，往桌子上扔了两包云烟，本来打算兴师问罪的我瞬间觉得这小子总算良心未泯。

我说："靠，你小子可以啊！想追楚玉的人没有一个营也有一个连了，本来以为到毕业都轮不到你，没想到你小子竟然抢先一步了！"

老张悠然吐着烟圈，淡淡地说："近水楼台先得月。"

我靠，竟然忘了这茬。楚玉那些前男友、好兄弟、结拜大哥什么的，都跟楚玉不是一个班的，老张居然在绝境中占据了这么一丝优势。

我问老张："到哪一步了？"

老张掸了掸烟灰说："还差得远呢，只是普通朋友。"

虽然老张极力表现得云淡风轻，可我能感觉到老张那一颗躁动的春心。

接下来的日子里，老张频繁采取行动，印证了那句"不鸣则已，一鸣惊人"的老话。他也深得毛主席他老人家"敌疲我打，敌退我进"的兵法精髓，趁着这难得的空档期，对楚玉展开了猛烈的追求。

这段时间的老张容光焕发，生机勃勃，相比他以前的沉默，现在简直像是回光返照。

除了晚上睡觉的时候，老张跟我混在一起的时候越来越少，倒是经常遇见他跟楚玉结伴一起去吃麻辣烫。星期天的时候，老张也经常早早就起床，打扮一番以后匆匆出门，一直到大晚上才回来。

即使跟我在一起的时候，老张也变得举止怪异，经常抽烟时突然嘿嘿地傻笑起来，或者刷牙的时候突然手舞足蹈地唱起歌来。唱的还是S.H.E的《触电》：“风走在我们前面甩裙摆画着圆圈/花美得兴高采烈那香味有点阴险/你在我旁边的旁边但影子却肩碰肩/偷看一眼你的唇边/是不是也有笑意明显……”

我们屋子里也经常会出现一些小物件，像是八音盒啦，风铃啦，S.H.E的新专辑啦，清新别致的小手链啦，等等。这些物件一般只会在屋里放一晚上，第二天就被老张拿走，再也不会看到。而且老张严禁我触碰这些小玩意儿，有一次我拧了一下老张放在桌上的八音盒，被他一把夺过去，小心地检查半天，确定没有损坏以后，才瞪了我一眼，小心地收起来。

与此相伴的是老张和楚玉的关系突飞猛进。先是老张把桌子搬到楚玉旁边，两人成为了同桌，接着有人目击楚玉带着老张去参加那些混混朋友们的聚会。我也曾看到老张和楚玉的结拜大哥们走在一起，言谈甚欢。

我跟老张走在一起的时候，经常遇到一些陌生的小混混模样的男生跟老张打招呼，老张也都笑眯眯地跟对方寒暄几句。

总之，老张已经不是我认识的那个老张了，他已经成功打入敌人内部，将自己的人生升华到了新高度。

然而，这段时间的老张却明显变得焦虑了起来，经常一个人半夜醒来默默抽烟，或者莫名其妙就变得烦躁。

这是因为，虽然老张成功和楚玉变成了朋友，看上去颇为亲密，但事实上两人的关系却陷入了瓶颈，无法再前进一步。老张不过是楚玉众多男性朋友中的一个，而显然老张想做的是独一无二的那一个。

## 4

有一天晚上我回到地下室，发现老张已经先回来了，正坐在桌子前专心致志地做着什么。

桌上放着一个酒精炉子，上面架着一个老张用废易拉罐自制的烧锅，旁边水盆里还放着一个半截的饮料瓶，此外则是散落着的一大堆蜡烛，整个地下室里弥漫着一股呛人的蜡烟味。

我对老张陷入爱情之后的种种异常举动已经有了一定的免疫力，但此时还是忍不住大叫一声："靠，你这是打算放火将这里烧掉吗？"

老张对我的反应完全不理不睬，兴奋地指着他桌上的装置："小丁，你看！"

我看着老张把一根蜡烛丢进烧锅里，熔成一锅蜡水，将原先的蜡芯取掉，然后倒进旁边固定在水盆里的一个用饮料瓶制成的模型里面。那个模型其实就是美汁源果粒橙瓶子的上半部分，瓶盖中间开一个小洞，穿过去一条棉线。老张手提着那条棉线，等蜡水倒进去以后，那条棉线便正好停在了中间，等蜡水凝固，线就固定在了上面。盆里的凉水则是帮助蜡水快速冷却的，等冷却以后，将瓶盖拧掉，把蜡块取出来，就得到了一个下面粗上面细，周围还有着花纹的新蜡烛。

随着第一根花纹蜡烛的制作成功，老张的眼里闪烁着异样的神采。

我被老张这套工艺复杂的发明镇住了，竖起大拇指说："牛×，真牛×！"

半个月以后，老张拖着一个蛇皮口袋爬上了一中后面的一座土山。

那座山叫作南山，山腰上有县里的烈士陵园，山顶上有一座小庙，庙前是一块较大的平地。

因为这座小县城实在缺乏休闲游玩之地，广大市民便经常在没事做的时候爬一爬南山，山上那座小庙因此香火鼎盛。一中就在山脚下，这导致一中的学生对这座山格外钟情，经常能见到牵着手漫步在山间或者藏在树丛中的情侣，几乎将这里变成了恋爱圣地。

老张上山的时候已经是傍晚，西边的晚霞只留下了一丝残辉。

老张不是一个人上来的，还有不少他们班里的同学，以及满怀期待的我。

上山以后，老张打开蛇皮口袋往地上一倒，咕噜噜地滚出一堆下粗上细带着花纹的蜡烛来。这就是老张半个月的劳动成果，为此我也跟着呛了半个月的蜡烟。

接着，老张便指挥大家将这些蜡烛在山顶的平地上摆开来，摆成一个巨大的心形。等搞完这些，天色已经擦黑。此时已经是晚秋，太阳落山以后，很快便冷了起来。

但是没有人下山离开，所有人脸上都洋溢着期待和兴奋的神情。

老张交代我们好好将这蜡烛阵保护好，在给我们每人发了一个打火机之后就匆匆下山了。

大家焦急地等待着老张的再次归来，所有人都知道接下来会发生什么。

四十分钟以后，我的小灵通响起，我一看，是老张发来的信息，上面只有两个字："点火！"

我连忙把这个指令传递给大家，接着所有人都开始将摆在地上的蜡烛点燃。此时天色已经全黑，山顶上突然有一点点灯火亮起，远远看上去像是鬼火一般。

蜡烛点到一半的时候，我们发现了一个问题，此时山上有风，那些刚刚点燃的蜡烛很快就被吹灭了！

我心想糟了，人算不如天算，没想到老天不向着老张，这可如何是好！

"大家把上衣脱下来围成一个圈！"这个时候，一个沉稳的声音响起。

喊话的是老张班里的一个女生，她又矮又胖，脸上架着一副圆眼镜，整个人像是一个肉球。但此时"肉球"却像是光明女神一般给大家指引了一条明路，在关键时刻挽救了老张的爱情行动。

大部分人都将上衣脱下来将蜡烛阵围住，隔开山风，然后少部分人去将这些蜡烛全部点燃。终于，这个巨大的心形蜡烛阵燃烧了起来，我们一大群人围着蜡烛阵，场面无比温馨。

但这显然跟老张预想的戏码不一样，本来我们这些人点燃蜡烛以后就该功成身退的。不过此时也没有办法，只好随机应变。

不一会儿，老张和楚玉结伴出现在山顶，没有如预想中看到一个巨大的燃烧的心，而是趁着星光才能看见的一圈站立的人墙。

“在这里！”又是“肉球”发出了指引的呼唤。

我们一起回头，看着走过来的老张和楚玉。

夜色中看不清两人的表情，只听到楚玉高兴的声音：“这么多人啊！老张你太给力了，竟然叫这么多人一起出来玩！”

老张的声音传来：“啊……哈哈……是啊，正好大家都一起上来玩。”

走近以后，老张和楚玉终于看到了大家脱下上衣挡住山风摆成的蜡烛心。

这个时候，大家都默契地不说话，把表现的机会留给老张。烛光摇曳，每个人的脸上都充满期待，看这架势，要是老张不立刻单膝跪地从兜里掏出个钻戒来都有些对不起广大观众。

老张憋了很久，憋到大家都开始泄气，憋到楚玉大概觉得太冷场打算开口说点什么的时候，老张开口了："楚玉，我喜欢你，做我女朋友吧！"

大概是因为山风太猛烈，老张的声音颤抖得厉害。

这个时候，那个肉球一样的姑娘手捧着胸口开始啜泣："太感人了，呜呜……"

楚玉沉默了几秒钟以后突然笑了起来，在老张肩膀上一拍，说："哥们儿，你别逗了！"

还没等老张回过神来，楚玉又向大家招呼道："人这么多，不如我们一起跳兔子舞吧！"

很快，不知道谁带的大音量山寨手机里就传出了*Penguin's game*的歌声：

“Left left，right right，go! Turn around，go go go!

“Left right，left left，right right!

“Left left，right right，go go go ！

“Left left，right right，go! Turn around，go go go……”

楚玉身姿绰约地领头开始跳，很快就有更多的人加入，场上一片欢声笑语。

## 5

那次以集体大联欢的兔子舞结束的表白似乎对老张和楚玉的关系并没有造成什么影响，俩人依旧是同桌，依旧一起去吃麻辣烫，一起去参加楚玉朋友们的聚会。

我本以为老张会就此偃旗息鼓，安心做好楚玉众多男性朋友中的一个，没想到，仅仅只是半个月后，老张又展开了行动。

这次行动没有像上次一样兴师动众，事实上只有我作为老张的助手参与了这次表白行动。

老张去五金店买来了几十米的彩灯串，不知道从哪儿搞到了几百米电线，借了九把大小一样但花色不一的雨伞，以及九个充电式小台灯，又出门称了十斤香蕉，就带着我再次奔赴南山。

这一次，老张把作战的地点选在了烈士陵园下方的一个亭子里，亭子周围是一片长满绿草的山坡，虽然是晚秋，但此时青草还未见颓势，一片翠绿。山坡上面就是巨大的烈士纪念碑，碑顶上是一个吹着冲锋号的烈士雕像。

我和老张先把雨伞都打开，倒吊在亭子檐上，然后把那些小台灯开关打开，放进吊着的雨伞里面。接着，老张把那一串几十米长的彩灯在山坡上排成一个巨大的“I LOVE YOU”，然后我俩就从山上开始往下布线，将那几百米电线一直拉到山下的一户居民家。

出门时候买的那十斤香蕉就是用来公关这里的居民，方便我们用电的。一开始我们找了一家，被人赶了出来。第二家开门的是一个少妇，听完老张的设想以后感动得不得了，表示电随便用，甚至连香蕉都不收，不过最后我们还是把香蕉留下了。

此时天色已经擦黑，老张擦了擦脑门上的汗说：“这主体工作已经搞定，接下来你只要把电线接到彩灯上，然后通电就可以了，时间不早了，我先去接楚玉，等我发出信号你就通电。”

我郑重地点点头，表示绝不辜负老张对我的信任，保证完成任务。

等老张离开以后，我就上去把电线接在了彩灯上，然后下来通了电。结果跑上去一看，坏了，这彩灯不亮！

我们在出发前就在地下室中反复检查过彩灯，绝对没有问题，那问题一定是出在了电线上。我赶紧开始排查线路，老张找来的这几百米电线新旧不一，有很多的接头处。结果直到收到老张通电指令的短信，还是没能排除故障。

老张吸取了上一次在山顶受到山风影响的教训，这一次不仅把地点搬到了山腰，而且全部电气化，就是为了保险，没想到这个时候却是这些旧电线掉了链子。

老张和楚玉即将到达，那一串彩灯如死蛇一样缠绕在山坡上的草丛里，下方亭角上那九把倒吊着的雨伞透出各种黯淡的光芒，结合这烈士陵园的环境，气氛异常诡异。

我此时也没办法，只好给老张发条信息说电路有问题，就跑上去躲在烈士纪念碑后面，打算观摩接下来的剧情发展。

我很快收到老张的短信回复，内容只有一个字："靠！"

我躲在烈士纪念碑后面俯瞰着下方，不一会儿，台阶上出现了两个人影，俩人一路走到了亭子里。

我心怦怦直跳，屏气凝神看着老张接下来的表现。

由于离得远，我无法听到两人说话的声音，只看到两个人进入亭子以后，楚玉先是充满好奇地围着亭子走了一圈，欣赏了老张的雨伞吊灯，然后我就看到老张上前，从后面把楚玉抱住了。

没想到这小子还有这样的勇气！

但接着我就看到楚玉一把推开老张，扇了老张一个耳光之后转身离去。

下山的时候，我和老张扛着大捆的电线和雨伞，老张一言不发，只是下山后在小卖铺买了两箱子啤酒。

那晚老张喝得大醉，说了很多胡话。

## 6

老张的爱情事业暂时进入了低谷期，楚玉把桌子从老张身边搬走，跟另外一个女生变成了同桌。

这段时间老张颓废得厉害，频繁地逃课，并且开始跟我玩同一款网络游戏。

事情的转机出现在这一年的冬天。那天下着大雪，正在网吧跟我“打怪”的老张收到楚玉的短信：“今晚我过生日，你来不来？”

老张把嘴上的烟捻灭，甩掉耳机转身就跑。

我帮老张把机器退掉，一个人继续“打怪”，直到晚上十点才离开网吧，出门的时候大雪没到了膝盖深。

那天半夜，老张跌跌撞撞地回来，身上沾满了雪，脸上有几处擦伤，进门以后就倒在了地上。我刚把他扶上床，老张就开始吐。我把水桶放在老张面前，他吐了有小半桶。

那一宿我都没能睡踏实，老张在床上翻来覆去，嘴里说着胡话，有时候叫着楚玉的名字，有时候则是在骂人。

后来我听说，那天晚上有几个社会上的混混也去参加楚玉的生日宴会，有人趁机想要灌楚玉酒，老张站起来挡酒，那些人就开始灌老张。老张一点都不𡚒，一口一杯地跟那些家伙喝。

直到第二天晚上，老张才能从床上爬起来。

后来老张又把桌子和楚玉搬在了一起，两人重新成为同桌，并且明显关系更加亲密起来。

老张陪楚玉吃饭、逛街，送楚玉小礼物，和楚玉一起拍大头照；楚玉陪老张逃课、上网，给老张织围巾，和老张吃同一份早餐。

大家都说，老张和楚玉好上了。这让很多男生梦想破灭，不少人打听老张的背景，打算揍他一顿出气。但没有人敢动手，原因是楚玉的江湖背景。

但我知道他俩没有好上，只是似乎比朋友好那么一点罢了。我问过老张，他说这样挺好。

## 7

老张和楚玉牵着手正式出现在众人面前的时候，已经是高考前两个月了。

老张在一中附近的聚鑫饭店大宴宾客，宣布自己和楚玉好上了。参加宴会的有楚玉的四个结拜大哥，还有其他几个混混，此外就是我们这些老张的哥们儿。

那天的老张春风得意，腰杆挺得很直，熟稔地招呼着各路来宾，而楚玉也很乖巧地站在老张身边，笑嘻嘻地跟大家打招呼。

我私下跟几个哥们儿说："老张这架势搞得跟结婚似的，他娘的，是不是要我们随点儿份子啊？"

不过我们都为老张感到高兴，不管怎么说，总算是守得云开见月明，风雨之后见彩虹，路程再多曲折，结局让人开心。

来的人不少，一共坐了两桌，开饭以后老张端着酒杯挨个儿敬酒，无论到谁面前都是一杯啤酒一仰脖子干进去，这让我想起乔峰大战聚贤庄跟众人喝绝交酒的情景。

两桌轮完以后，老张走路已经有些摇晃了，不过脸色却是一点都没变。这点我知道，老张属于那种喝多少都面不变色的人，但现在其实已经超过他的酒量了。

老张站起来示意大家停一停，表示他有话说。所有人都安静了下来。

“从今天起，楚玉就是我媳妇了，大家做个见证，要是我以后有什么对不起楚玉的地方，”老张用手指着桌上的啤酒瓶，“各位就拿这酒瓶往我头上招呼！”

说完，老张又自己干了一杯。

大家纷纷鼓掌，表示这话记住了，回头就把面前的酒瓶藏起来。

## 8

高考前的这两个月，老张陷入了疯狂的热恋之中。

本来以老张入学时候高分进入重点班的资质，即使高二后到了文科班，也能轻松战胜一众学渣名列前茅，老师们也都对老张抱以厚望。

但现在老张已经对高考完全放弃了，每天狂热地恋爱，像是要把过去耽误的一年多的时光都补回来。

俩人的大名传遍整个一中，老师们都对这两个在课堂上肆无忌惮地谈恋爱的学生恨得咬牙切齿。老张班里的同学对此反应不一，有的极端痛恨，有的羡慕嫉妒。

有一次英语课上，一个坐在第一排的好学生对坐在后排角落里窃窃私语、你侬我侬的老张和楚玉实在忍无可忍了，拍着桌子站起来，转身指着后面吼道："要谈恋爱去外边谈，不要影响其他同学学习！"

英语老师站在讲台上一脸无奈，对老张的堕落感到失望和惋惜。

这件事对老张的影响是，他索性不来上课了，带着楚玉满县城跑，去吃各种小吃，去爬山，去滑旱冰，去KTV唱歌，逛累了就带楚玉去我们租的地下室里休息。

这段时间我要回地下室之前必须先给老张发一条信息，有时候能顺利回去，有时候则必须去隔壁老李那儿等半个小时到一个小时。

热恋的代价是开销急剧上升，这段时间老张到处借钱，欠了一屁股债。

## 9

高考结束以后，老张决定跟着老李去太原打工清偿债务，并且打算给楚玉买一部手机，这样就不会担心给楚玉打电话的时候被她妈发现了。

老李是我和老张共同的铁哥们儿，他租的房跟我们紧挨着，我们经常在一起喝酒抽烟。老李的家人在太原做生意，所以高考结束以后要去太原跟他家人会合。

走的那天，楚玉并没有来送老张，老张表示理解，毕竟楚玉的妈妈一直都管得严。

送走老张以后我并没有回家，而是找到房东续了一个月的房租，因为我知道自己考得很渣，不敢回去面对我爸，便找借口说要等分数和报志愿，继续留在县城。

十天以后，我接到老张的电话，电话的那头，老张泣不成声，说楚玉跟他分手了。

我大吃一惊，安慰老张一番，挂断电话以后火速给老李发信息，让他好好照顾老张。这家伙情绪不稳，千万别出什么事。

老李回信息说，老张正在抱着他哭。

当天半夜一点，我去车站接从太原归来的老张，路上俩人一言不发，只是默默抽烟。

第二天，老张去楚玉家楼下等楚玉，一直到晚上，楚玉都没有出现，电话是楚玉妈妈接的。

一个星期以后，老张终于死心，收拾行李回家去了。

## 10

直到一年以后，我听老张说起这件事，才知道跟老张分手的时候，楚玉说的是：“你太婆婆妈妈了，什么事都顺着我，不像个男人。”

我跟老张说：“以后谈恋爱悠着点，别把自己全搭进去。”

老张说：“我不怪她，爱上一个人就是要拼尽全力啊，就是要让她不受一点委屈啊！我是心甘情愿地败给了她，我就是不想让她难过。”

“下一次，我还会这样。”老张说这话的时候脸色淡然，缓缓吐出一个烟圈。

# 曾以为非他不可的那个人，终究被遗忘在时光里

木子玲

为什么时光一直都不曾变老，日复一日，年复一年，可我们却都变得胆小懦弱。

我们不敢问那个人，你还爱不爱我，怕得到的只是淡淡的一句“不喜欢”。

我们不敢多看那个人的眼睛一眼，怕看见他的目光里没有自己。

我们不敢好好地回忆一下过往，怕发现曾引以为傲的恋

爱，其实不过是自己一个人在努力。你总是对自己说，没有关系，就算离开了他，你也会好好地照顾自己，总有一天要像你爱他一样地爱自己。

你总是一遍遍地告诉自己，如果最后的最后，你没有跟他走到一起，看见他牵别人手的时候，至少要学会不去埋怨什么，只要曾经拥有，不在乎天长地久。

你总是抱着手机，看着你们曾经发过的短信，那里面的蜜语甜言，他对你的关怀备至。你总以为你们只不过是吵了一场架，他只是暂时离开。只要你一回头，他还在那里，还会敞开怀抱等着你奔过去。

有一次，你忍不住去看他的空间，发现他的昵称变了、个性签名变了，就连好多年不曾换过的空间皮肤也变了，变成了他跟另一个女孩的结婚照片。你的眼泪一下子就流了下来。

问问这个世界上什么事情最残忍，不过是你死心塌地地还爱着一个人，而那个人却已经不再爱你。

我爱你，这三个字，你再也没有资格说出口，只能咬着牙将这个秘密埋在心里一辈子。

## 时光不会变老，却让我们都变得胆小

很久之前，在你还不懂得什么叫作爱情的时候，你曾跟你的好朋友说，你这辈子，要是爱上了一个人，才不会顾忌什么面子不面子，一定要大大方方地告诉他，他答应就答应，不答应就拉倒。

后来你遇见了他，终于明白了“心悸”那个词到底是什么意思。你就像所有偶像剧里被帅哥迷住的小女生一样，眼睛一直盯着有他的地方看。他打篮球，你就到篮球场看篮球赛，虽然你自己心里知道，你根本看不懂篮球。

他去图书馆自习，你也跟着过去，关于这一点其实你自己都鄙视自己。可这并不妨碍你拿着一本漫画书，悄悄坐在靠近他的角落，看他认真学习的模样。你觉得世界竟然这样美好，暗恋原来并不苦涩。

他在你口中被提到的频率越来越高，有一回你的好友实在看不过去，抱怨说：“既然你那么喜欢他，就让他知道啊。万一哪天他跟别人交往了，你岂不是连暗恋的资格都没有了？”

好友随便一句玩笑，你居然心里紧张了起来。你怕他真的会跟别的女生交往，更怕自己一直这么喜欢他，他却始终蒙在鼓里。

于是你厚颜无耻地给他打了电话，那号码也是你曾经到处打听才得来的。电话才刚接通，你竟然连呼吸都忘记了，那时你才知道，原来他在你心中已经占了那么大一个地方。好在他很给面子，答应跟你交往。挂了电话之后，你像中了五百万一样，把你跟他要交往的事儿跟你所有的好姐妹都说了一遍。

你的朋友们都说，这丫头准是疯了。

你龇牙咧嘴，丝毫也不在意。谈恋爱的时候能保持镇定，那才不是真的喜欢呢。

后来你跟他也算得上模范情侣。他知道你爱看漫画，总是将最新的漫画书买来给你看。你知道他感冒不爱吃药，总在他生病的时候像个大妈一样，不厌其烦地提醒他不要忘记吃药。有一回他说："你怎么跟我妈一样唠叨，这么一辈子下去，我耳朵都要起茧了。"

他说完那句话，你就傻了，要这么跟他过一辈子吗？然后你又笑了，其实一辈子也挺好。

可你从来没有想过，一辈子可以很长，也可以很短。曾经你以为只要你们之间不出现第三者，你们一定会这么幸福地走下去。可是时间长了，你的感情变得越来越浓，却发现他只是在原地停留。

你爱他多过他爱你。开始的时候你并不介意，以为慢慢地他会给你更多的爱，可谈了那么久，他还是当初的他，仍然以他的事为主。他不喜欢你大大咧咧地笑，不喜欢你跟别的男生走得太近，不喜欢你一直看漫画，不喜欢你的数学成绩始终在及格线附近徘徊。

你为了让他更加喜欢你，学着笑不露齿，学着不再爱看漫画书，不再跟男生过多来往，也努力地去学数学。你为他做这些改变，就是想让他多爱你一些。

有时候你也弄不明白，明明刚开始的时候，你们在一起很快乐，他不喜欢你的那一些事，你在牵着他手的时候就坦白了。当初的他不介意，为什么现在一遍遍地提起？

为了变成他喜欢的样子，你努力了很久，终于笑起来的时候只露出两个小虎牙，你的男性朋友越来越少，漫画书再也不看了，可数学成绩依然还在及格线附近徘徊。不管你挑灯夜战还是突击复习，数学成绩依然是老样子。期末成绩单发下来，你看到六十一分的卷子，忽然就哭了出来。朋友都以为你是因为考得不好而难过，围着一圈轮番劝你，可只有你自己知道，你那么伤心，只是因为没有达到他喜欢的样子。

有一次好姐妹例行聚会吃饭，有一个朋友忍不住说了你：“看看你，谈个恋爱，变得自己都不像自己了。有你这么谈恋爱的吗？别人都是越谈越开心，你是越来越悲伤。”

也不知道哪句话戳中你的泪点，你饭也没吃完就落荒而逃，一个人躲在洗手间哭得撕心裂肺。你的努力他都看不见，他依然活在他的世界里，他依然活得自我，他考试成绩名列前茅，篮球打得很好……

你掰着手指数他的缺点，可数着数着，就变成了他的优点。

**有人说，爱一个人，哪怕他再讨厌，可只要你爱上了，就连缺点都变成了优点。你知道自己被爱情冲昏了头脑，可就是放不下，无论他对你有多不好，有多不喜欢你一直改变不了的东西，但你就是喜欢他。**

哪怕喜欢上那个人，会让你的心都变得疼，但是你没有办法将他从你的生命里赶出去，只要他不提出分手那两个字，你就决定永远赖着他了。永远？这个词冒出来，你自己都吓了一跳，你对他的要求越来越低，只要他陪在你身边就好。

都说处于恋爱中的女生是不够聪明的，因为你看不清你喜欢的那个人的内心到底是怎样的。你以为只要你给的爱比以前更多，他就会舍不得离开你，他会记得你的好，你的笑。你总以为现实是美好的，可现实却送给你一把刀子。

有一次他感冒，下了晚自习你跑到药房去给他买药，想到了楼下再打电话让他下来取，可到了他家楼下，却看到他跟别的女孩抱在一起。

你站在原地愣了一小会儿，又赶紧掉头跑开。你怕他看见你会觉得尴尬，你怕你不知道怎么面对他，其实更怕的是他要跟你说分手。

后来你没有再给他打电话，也没有问他感冒吃没吃药，他也没有主动跟你联系。高三的日子说不快也快，你将所有的心思都放在了学习上，因为老妈说："总要对自己的青春有个交代。"

你想了想，是的，自己的青春里，需要交代的就只有两件事：谈了那么久的恋爱，努力了那么久的数学。恋爱暂时交代不了，就只有交代数学了。好在老天不负有心人，你拼命地学数学，成绩竟然冒得老高。别人都以为你会开心得死掉，你却只是轻轻一笑，考得再好有什么用，他又看不到。

因为数学没拉你的后腿，你高考成绩出奇地好，竟然超过了他。这是他也没想到的，他给你发来了信息道贺。这是你们之间没有任何联系的三个月之后的第一条短信，你该感到开心的，至少在他眼里，你也变得优秀了。可不知怎么的，你就是很想哭。想哭着问他，要是成绩上去了，你们是不是就能和好如初了，更想哭着问他，毕业了之后你们是不是还可以继续联系。

可你盯着通话界面发呆了很久，还是放弃了。你怕得到他的否定回答，你怕听到他说："对不起，我们不合适了。"更怕他一看到你的电话，就直接挂掉。

现在的你，时不时地就会想起过去，大胆去追逐一个人的回忆，给他打电话时说的那一句："我喜欢你好久了，你能跟我在一起吗？"那时的你多大胆，爱了就要追，追了就要让对方知道。可现在的你，却连给他打电话的勇气都没有了，是不是他在变的同时，其实你也变了呢？

**为什么时光一直都不曾变老，日复一日，年复一年，可我们却都变得胆小懦弱。**

我们不敢问那个人，你还爱不爱我，怕得到的只是淡淡的一句“不喜欢”。

我们不敢多看那个人的眼睛一眼，怕看见他的目光里没有自己。

我们不敢好好地回忆一下过往，怕发现曾引以为傲的恋爱，其实不过是自己一个人在努力。

## 你敢不敢

高中毕业之后，你选择了离你家最远的城市，因为你无意间听说他要留在本地上学。其实在家里窝了一个假期，你还是没给自己的那段恋爱一个圆满的交代。你总对自己说，现在的时机不太合适，等再过一段时间，你一定要给自己的青春一个交代。

这么一等，就等到了大学毕业。你也从未想过，当初喜欢他时，你还是一个十七八岁的小女生，而现在的你，竟然已过了二十岁。

可这几年过去，你依然没有忘记他。都说初恋是最难忘的情怀，你总在一个人的时候，想起那年你心如鹿撞的表白，想起他后来对你的冷淡。越想越觉得不公平，你这么把他当回事，可到后来却剩下你自己一个人在回忆。

也不知道哪来的勇气，你竟然拨通了他的电话，打电话过去问他：“你敢不敢说说当初为什么要跟我在一起。”

他回答：“因为你喜欢我啊。”

就那么几个字，让你半天无话可说，你喜欢他，差不多全世界的人都知道了。你的爱太明显，也太快，你来不及遮掩就被发现了。

他又问：“你敢不敢回答，现在你还喜欢不喜欢我？”

头一次你率先挂了他的电话，却是在这样窘迫的时候。手心里捏着的一把汗，清楚地提醒你，你还喜欢着他。这么多年来，你从未试图忘记他。他还是那样自信满满，可你喜欢他的不就是这些吗？

随着慢慢长大，你越来越胆小。他问你敢不敢，你不敢，因为你怕他看清楚你的心。即使现在的你已经变得足够优秀，可你仍然害怕听到他说“我不喜欢”这四个字。

## 原来都是会变的

后来的你，在职场上如鱼得水，同学们都称你为女强人。不管多难缠的客户，你总能从容面对。你发现，你不会那么容易就脸红，也不会被什么事情影响情绪。可当在微信里聊天时，一个人说起了他快结婚的消息，你还是难过了一下。转身将手机丢在办公桌上，接着埋头工作。

多少次你问自己，敢不敢不要让他再影响你的心情，得到的都是否定的答案。

可现在，你居然做到了。

有一天你接到他的电话，说他要结婚，问你会不会去。你问了日期，表示一定会去。你终于明白，是时候该给自己的青春一个交代了。

在他的婚礼上，你见到了好几个多年未见的好友，相聊甚欢，大家像是有默契般不去主动提起你与他的过往。当你看到他牵着新娘手的时候，你却发现，自己竟然不再想哭了。你爱他，爱了那么多年，连自己都以为这场婚礼上，失态的一定是你。

时间是个好东西，能让感情变成永远的秘密，也能让秘密变得不再是秘密。这时候你才知道，原来过去缠着自己不放的不是他，而是自己。现在的你，是时候将自己的心锁打开，还自己一片明媚的天空了。

参加完他的婚礼，你赶着要回去上班，可你的朋友又留你在外面小聚。因为没了他在，大家都把话敞开来说。你好友问你："当初你爱得那么凶猛，怎么在他的婚礼上一点事都没有？"

你笑笑，其实你也不清楚要怎么回答，或许是因为自己变得成熟了，认为当初的年少已经过去了，或许是因为你没有想象中的那般爱他了，又或许是因为你终于意识到，这个世界上没有什么是永远都不会变的。你变了，可你并没有觉得这样有什么不好。

临走之时，他托人送了一盒茉莉茶给你，你想起自己当年总喜欢喝这种清香的茶叶，总是问他要茉莉茶。若是以前，你想起当年的事，一定会难过得说不出话来。可这一次，你居然把茶叶给退了回去。自从上了班，你便开始喜欢喝咖啡。原来口味也是会随着时间的推移而发生变化的，就如当年浓烈的感情。

你曾以为没有他，你的生活会变得越来越糟糕。也曾以为，无论过了多长时间，只要想到最终没有跟他在一起，你总是心疼得无法呼吸。可现在看来，他的离开并没有让你的生活变得多么不一样。太阳每天照常升起，你的工作还要继续。而未来呢，未来谁也说不好，可是现在这样的自己，你也不讨厌。

以为一辈子爱着的那个人，终究要成为被时光掩埋的秘密。可现在的人生连一半都没有过去，你就已经放下。没有想象中的痛彻心扉，没有当初非要在一起的你死我活，也没有年少时的浪漫情怀，说放下，就真的放下了。

从此之后，你再没有任何秘密，你终于可以轻装上阵，好好地去享受这世间的一切美好。而**你曾以为非他不可的那个人，终究被遗忘在时光里，成为一张泛黄的旧照片。**

当有一天你再想起时，它会提醒你，爱让人变得勇敢，变得懦弱，变得成熟，变得坦荡，却不会改变你的人生。

# 第 2 章

## 我们第一次狠狠相爱

# 爱是不求占有的小心翼翼

盒饭君

我们都知道爱情的表达方式有千千万种，但很多人都把有限的精力消耗在推倒软妹子之上。爱的时候轰轰烈烈，睡的时候缠绵悱恻，分开的时候梨花带雨，最终不过养活了学校附近雨后春笋般的酒店，增长了国家的GDP。

也许你要说我太低俗了，咋一开口就说睡妹子。但话说回来，高中及以前我们都在情感压抑中过来了，尤其像我读的高中，所谓的重点中学，别说谈恋爱，每个月的第一个周一晚上还会检查男女生的头发、指甲以及是否佩戴首饰。更别说什么早恋了！

可青春年少，谁没喜欢过一个妹子啊！就像磕磕碰碰，谁没爱上过一个人渣。只是我们曾经把爱都埋藏在了心底，等到大学的时候集中爆发了而已。

但是，总是有例外的。

虽然现在爱都变得简单直接了，可还是有那么一些“传统”的人，把爱情尊为神明，觉得爱是一种净化心灵，让我们变成一个不一样的自己的力量。

大成是个还蛮特别的人，他总觉得自己和身边的人格格不入，却又在努力和身边的人相融。这种人对孤独的感觉异常明显。他常常一个人去吃饭，一个人去上课，一个人去图书馆，一个人在校园里散步看人来人往。

后来，他从朋友那里听到消息说，有人觉得他特别冷傲，很难相处。他“啊”地惊讶，觉得自己是多么努力在和人相处啊。只要你给个糖果，他就可以给你笑出一朵花儿来。

他就是这么一个人。直到他遇到了她。

你知道，人海茫茫，于千千万万人中遇到一个人，没有早一步也没有晚一步，你会感觉到你要找的就是那么一个人。

姑且叫她Y吧。

她是那种在学校里，大家都还在穿漂漂亮亮的粉色系衣服，扮日韩小清新的环境里，就会在网上买“阿卡”的衣服穿的女孩。一袭黑色的衣服，裁剪、色调都显得那么怪异，和整个校园环境格格不入。她有她自己的格调。

她爱穿一件黑色的阿卡的连衣裙，背后有缺口，用绳子穿出层层叠叠的镂空。看起来特别性感。就因为她的特别，她给大成的印象是，像一只黑色的猫咪一样，充满了幽暗的冷傲气息。

他们相识的方式，像极了所有的校园男女，可又那么地不像。

所有校园男女爱的压马路，走遍校园各个角角落落，他们都会做，而他们更多的时候，只是不言不语，就好像心灵感应一样能知道对方的心思。

两个太不一样的人，大概注定要相遇吧。

他来自乡下普通的家庭，她来自外省的城市家庭。她对他的家庭感到颇为好奇，她总觉得他是生在一个传统的家庭，究竟是怎么样的传统呢？她却猜不到。

她每次都问他：“你们家是不是会挂着大红灯笼，或者有人穿着长衫，仿佛来自民国或者晚清。”说完之后，她就哈哈大笑起来，他却只是在一旁腼腆地笑，然后看着她，觉得好像只要她开心，她怎么说他都愿意接受。

Y觉得大成走路难看，大成就偏偏走给她看，然后就看着她开心地笑。

相比之下，大成更内敛，而Y却更外放一些。可他们相比青春满溢的校园来说，又显得太不一样了。

他们夜晚跑到学校后山上，在路灯细微的光亮下讲鬼故事。他们在一棵巨大的黄桷树上看到贴着一张纸条，上面分明写着什么，大成就爬上去看。“小儿夜哭，请君念读。小儿不哭，谢君万福。”大成念给Y听。

大成说恐怖片里，在这种时候，低着头朝着自己胯下往后看能够看到另外的世界。他一副神经兮兮的样子，盯着她，像鬼上身了似的，慢慢地低头朝着胯下看。在他还没有真正地看过去之前，他就在想，别真的看到了啥不应该看的吧。这时候Y已经撒丫子跑了。

本来想吓唬Y的大成，突然自己也开始害怕起来。然后跟着跑下山去。

Y居然也像小女孩似的，嗔怪地骂大成。大成心底里却开心着呢，觉得这样的责骂好像也是撒娇。

大成第一次亲吻的女孩就是Y。

那亲吻对他来说，终生难忘。那是在KTV里面，一群要好的朋友，大家都知道他们俩很暧昧。他们通宵唱歌，接近午夜的时候，已经睡倒了一片。Y坐在大成的腿上，好像一切都那么水到渠成，她把双唇像盖章似的轻轻地准确地盖了下去。

大成感觉整个世界都亮了，像闪电似的，击中他，浑身瘫软下去。

但到此为止，他和她之间，从来没有以男女朋友的身份确立彼此的关系。

这一吻，给了大成希望。那一夜回去之后，他们都睡到很晚。第二天他向她表白，她却拒绝了他，好多天都没有出现。

大成知道Y是一个冷傲的姑娘，是一个充满了猫一样魅惑力量的姑娘，是一个让他着迷的姑娘。明明他感觉到了彼此都是爱着对方的，可在他以为一切都水到渠成时，表白的结果却是拜拜。

他想不通，觉得这超出了他的认知范围。她躲着他的那一周，他把自己关在了寝室，闷着让他的情绪不断发酵。他不会喝酒，却把自己灌醉，吐得胆汁都出来了，然后半夜起来呕吐出泛着猩红的血丝。他觉得自己要疯了。整整一周，他就被彻底打败了。

他拿出刀子在自己手上刻下了她的名字。他觉得只有疼痛才能解决所有的疑惑。疼痛才让他感觉自己好像还是活着的。

他像所有小孩子一样，爱到最后靠伤害自己来表达决心，并信誓旦旦地觉得，他要让她知道，要让全世界知道，他爱她。

他给她打电话，她不接。他给她发短信，她没回。但当她知道他做了那么疯狂的事儿之后，她带着近乎乞求的语气给他回电话，让他别这样子。

她觉得他们不适合，她渴望被爱，却并不觉得自己配拥有这样简单单纯的幸福。她害怕这样的感情，她害怕全心投入之后，毕业还得面临分手。她害怕承担轰轰烈烈爱的代价。

所以她本以为可以在那样暧昧的美好里一直下去，直到他表白了，她知道她渴望的那种最美好的爱的形式破灭了、坍塌了。

他伤害自己，一刀刀下去，也仿佛落在了她的心里。她说："你再这样下去，我害怕最后我们连朋友都做不了。"

他没再说话。电话两端安安静静，他内心却情绪万千。他害怕失去她，好吧，你怕我太偏激而永远不要见我，那我退一步吧。大成选择了退步，他希望以退为进，还可以成为最好的朋友，还可以把那份感情默默地埋藏在心里。

终于，大成毕业了。她还晚他一年毕业。

他开始在外面租房子，开始上班工作。大成偶尔还是会和Y一起玩，一起吃饭。只是他心里再也没有曾经的那种轻松甚至幸福，很多时候他只是怕失去她，而装作什么事也没有的样子。

她要看他手上刻下的名字。他不愿意。她再要求，他就伸出手给她看。她看得眼睛都红了，可他却显得不知所措。

暑假的时候，她没有回家。她在一要好的同性恋朋友家借住。突然同性恋朋友的男友回来了，她没地方可去，问大成是否可以收留她。

大成觉得，只要是她提出的要求肯定都得答应。

她搬到大成这里来住了。大成这里也只有一间房，他和她睡在同一张床上。

宽一米五的床，他和她同床共枕。挨得好近好近，却又好远好远。

虽然他答应她，退一步，大家都是好朋友，可他知道他内心深处放不下的感情。可她相信他，在无处可去的时候，选择了求助于他。那段时间里，他每天晚上都睡不着，当然不是欲望作祟，而只是想看着这个女孩的背影，感觉爱若有若无的影子。

好多次，他好想抱着她睡，可他害怕。爱到深处，最终变成了恐惧。害怕，害怕自己所有不当的行为直接导致自己永远失去这个姑娘。有天夜里，他佯装睡着了，伸手搭在了她身上，她翻身，他又把手移开。他怕她是在礼貌地提醒。

好长的时间里，他都只是那样默默地看着她背对着自己睡着的样子。

每次他回来，会给她做吃的，她偶尔也会给他做拿手的打卤面。那一个月的时间，他感觉到异常地幸福，觉得好像自己曾经一直追求的爱，就像细水长流的生活一样，真的就是他的生活。可那样的日子，在那段感情或者那段青春里，太短暂。

短暂得她很快开学，搬离了他那里。在所有朋友都怀疑他们之间发生了什么的情况下，他不想多做解释，他知道，他没有越雷池半步，他没有失去她。

二十多岁，大成早已是一个成年男子，对异性的那种渴望早就可以让他变成禽兽，但他却没办法在自己第一个亲吻的女孩那里兽性大发。

后来看韩寒的电影《后会无期》，有句台词：喜欢就会放肆，但爱就是克制。大成觉得自己被那句台词深深击中了。他觉得这句台词，似乎就是为他和Y而写的。

渐渐地，大成仿佛明白了，Y不过是个没有安全感的女孩。她渴望和所有能够给自己爱的错觉的人在一起，就是害怕真正地去面对爱的代价。所以，她往往选择在要面对代价之前退出。在她和大成彻底分开后，她去了其他的城市。他还知道她偶尔又和谁暧昧了，心疼之余，他把自己活成了爱情的备胎。他似乎甘愿去做爱情的备胎，只是这段爱情里，那个女孩的名字叫作Y。很多人都在嘲笑他，说他是该死的万年备胎。他却偶尔还会在穿短袖衫时，看到手上若隐若现的Y的名字。

后来Y告诉他，她终于找到了那个人了。在那之前，他一直觉得他还可以到她所在的城市，去制造一场重逢。仿佛是一种交代，也仿佛是一种陈述。大成听了之后，心里面情绪万千，却显得异常镇定。他到那个时候，似乎已经变得像是要嫁女儿的心态。

有时候，我都会觉得大成像是一个圣人。他在这浮躁的时代里，把爱真的活成了爱，而不是做爱。

在推倒软妹子大肆横行的今天，像我那专业推倒软妹子十五年的小伙伴的人大有人在。能像大成那样爱到深处，真的把自己活得像电影——喜欢就会放肆，但爱就是克制——的人却不多。

即便是大家都在睡妹子的时候，他和妹子睡在一张床上，却睡出了爱的伟大。有时候大成确实让我们佩服，不是圣人就是神人，要么就是神经病。可有时候想想，能够心甘情愿去做爱情里的神经病，也是很幸福的吧。

大成像个异类，怪异得Y以及很多女孩子应该会给他点赞，他自己也会为自己点赞。可有时候又会觉得这样单纯善良的男人，与这个社会太不同，显得有点太老派了。

大成和Y他们俩太像了，他们孤独，他们渴望爱，如果这样的两个人相爱，真可能“轰轰烈烈最疯狂”，可到最后一旦崩塌似乎又无人能挡。有时候想想，他们注定会相遇，却又注定不能一辈子在一起。爱，不是照镜子找个和自己一样的人，而是找个能填补自己人生缺口的人。

想想，其实挺悲伤的，我们每个人都会遇到那么一个人，爱她如生命，但最终我们却错过了她。

**不知道你有没有这样的感觉，在我们愈发地依赖社交网络之后，以前简简单单的幸福，小小的害羞，支支吾吾难以言语的美好，都瞬间消失了。**

所以很多社交App都成为大家约炮的工具。隔着一部手机，我们就像隔开了自己细微敏感的情绪。有什么不能说的，不就是打一行字嘛！感情变得越来越不真实，变得就只剩下“我爱你，我想和你睡觉”了。就算你不承认，但你仔细想想，感情的本质有时候就变得像那样了。

说来挺恐怖的，可那就是现在的现实。常常看到有人不断地在怀旧，怀念以前，怀念慢生活，其实我们也在怀念曾经那个有爱有恨、内心情绪万千的自己。怀念的，不过是那个像大成一样的，能够把爱情活成遗憾和美好回忆的自己。

大成说，如果再给他个机会，他说他应该会勇敢地抱她一次。

如今爱情都快节奏了，想想那种老派的情感却显得有些让人怀念。

# 有一种离别，不过是为了怀念

马超

## 1

直到那一天，李一航在万达广场里再也找不到他当初经常带项丽吃饭的那家手握寿司店，他才真的相信并开始接受，项丽已经不在他身边了。就连之前充满温暖感觉的回忆，也都已经悄无声息地冷却下来，成了凝在自己生命里的废铁。

李一航和项丽初次相识那天，空中飘落着点点雪花，让这座本就充满着孤单气质的北方小城，更增添了一抹感伤。原本两人不过是要寻一家有书有音乐还飘散着咖啡香气的咖啡馆来暖暖身子的，而街边的这家小店之所以能够成为他们初遇的地点，只是因为它距离两人的工作单位都很近，位于一个刚刚好的位置上，所以有许多人都因为这“刚刚好的位置”而相识。

一向追求与众不同的李一航在自己的恋情上竟未能免俗，后来他对友人说，原本是想要一场别开生面的爱情，没想到与许多人的爱情故事一样，老套而俗气。如果他和项丽之间的爱情真能以圆满幸福结尾，或许这么俗套的相识相恋过程也会被他美化成一首诗，可偏偏他们两人的关系一直别别扭扭、不冷不热。当然，在最初的一段时间里他们过得还算幸福，每当李一航下了决心要切断对项丽的思念时，项丽总会恰到好处地给他传递来一个什么讯息。又或许，是李一航自己那尚处于青春期的躁动扰乱了自己的判断吧。

在那个飘雪的黄昏，小店里人很多。项丽和李一航几乎是同时进店，同时发现了靠近窗子的一张空桌，同时落座，且面对服务生询问“喝点什么”时异口同声地回答说：“卡布奇诺。”在这异口同声的回答之后便是长达将近十秒钟的沉默。

“你经常来这家店吗？”李一航轻声问着项丽。店里虽然人多，但并不嘈杂，所以李一航那略带羞涩的低沉的声音混同着店里播放的民谣轻轻地飘进了项丽的耳朵里，然后，这声音便在项丽的心底扎下了根。

只可惜这根扎得还不够深，也不够狠，但在李一航看来，到底是项丽先动了心，而且他一直断定，项丽的动心就在当时那一刻。“偶尔来，不过，打算以后经常来这里坐坐呢。”项丽白皙的脸庞多了两抹晕开的绯色。李一航喜欢这种带着烟火气息的颜色。

与大多数在咖啡馆里相识的恋人一样，他们很喜欢时不时地来到这里坐坐。这家名叫“温柔一瓣”的咖啡馆里平素人总是很多，当然，偶尔也有客人稀少的时候，比如李一航约项丽来这里喝下午茶时。于是，他们的恩爱时光里便少了许多人的见证。或许，咖啡馆里的服务生还会记得当时他们俩人的甜蜜场景，只是李一航不敢再回忆起那些所谓的“美好时光”——如果说与项丽相恋真的算是一种幸福的话。

## 2

若不是项丽那位心比天高的前任提前回国并奇迹般回心转意，项丽那纤细的手指上应该会戴上李一航送的戒指吧。

起初，李一航以为自己这一次是真的找到了幸福。项丽与他相伴的那段时间里，她极力展现着自己的温柔和懂事：晚餐时的一碗羹汤，深夜时的柔情缱绻，闲暇时的欢声笑语，这一切都令李一航十分受用，他开始觉得这座小城比之前要温情多了。

如果幸福来得真是如此简单——只消在咖啡馆里遇到一个容貌尚好、与自己还算性情相投的人，便可从此相安无事共度余生的话，那么那些在情场上痛苦纠结的人岂不是都成了“自寻烦恼”了？但可惜的是，李一航把感情这件事儿想得太简单了，在他看来，感情就是“遇见并沉陷”。他却忘了，人心变化快，爱情变数多，前一秒与你牵手相拥的那个人，很可能会因为另一个人的回归从你的怀抱中抽身而退。项丽说她只是暂时地放不下那段旧情，李一航选择了默许，默许自己还算喜欢的一个女人不时地去赴另一个男人的约。人们总说所谓的“宽容”，乃是源于一个人对另一个人的爱。可李一航的这种“宽容”则恰好在于他对另一个人的不爱——只是那么淡淡地喜欢着，算是在这孤寂的城市里寻了一个伴儿吧。

转眼间又到了一个飘雪的时节，虽然项丽依然温情脉脉地陪伴在李一航身边，但他还是隐隐约约地感觉到项丽将要永远地消失在自己的生活中了。小城里到处洋溢着孤寂和感伤。

那一天，项丽在厨房里忙活，李一航在旁边打下手。当他从项丽手中接过一个盘子时，他的手碰到了她手指上的一个什么东西——一枚小而精巧的戒指，明晃晃地套在她右手的无名指上。李一航不记得自己送过她这样一枚戒指。项丽见李一航似是有话要说，便对他微微一笑："前不久刚发下奖金，珠宝行又在做优惠活动，我就买下了它。"轻描淡写的一句话却无法遮盖住项丽心中的不安。

"这个，应该是我的任务吧，你怎么越俎代庖了？"李一航开着玩笑，可项丽还是听出玩笑背后的试探。

"这当然是你的任务啊，所以，我只给自己选了一枚小小的红宝石呢。"李一航没有从项丽的笑靥中看出丝毫破绽，看来真的是自己想多了。但李一航根本不知道的是，生于七月一日的项丽，她的生辰石正是红宝石，而这个，项丽的前任却一清二楚。

也许是为了要巩固一下他和项丽之间的感情吧，李一航开始讲究起情调来了，他频频地带项丽去住处附近的万达广场，因为那里有不少氛围不错的美食店，而"伊秀手握寿司"便是其中颇受好评的店家之一。

以前，李一航和项丽还只是偶尔得空了才去咖啡馆坐上一会儿。那时候，他们还没有住在一起，彼此只是保持着陌生而美好的距离。那时的项丽总是在眼底隐藏着一丝忧伤，当她抬起头说话时，只要目光与李一航相对，便会红了脸颊，令人非常怜爱。

在他们决定一起生活的前一天，项丽才说起自己那负心远去的前任。这种情侣间的离别之痛本是人间常事，可在项丽的嘴里说出来那便多了一抹决绝和坚定。“我是肯定不会回头了！当时他曾那般地羞辱我，我又何必留恋一个已经不爱我的人呢？”

项丽说这句话时，目光如火地望向了李一航。李一航当时心头一颤，说道：“以后，我们在一起吧！”

听到李一航这样说，项丽的目光顿时黯淡下来，她想要听的根本不是这句话，更主要的是，她的前任就曾这样信誓旦旦地说过同样的话。

但不论如何，身边有个人陪伴总比自己一个人孤零零的要好得多。项丽和李一航都是这样想的。既然谁都没有再遇到能够让自己怦然心动且玩命去爱的那个人，那么就努力地为对方制造出怦然心动且值得被人玩命爱的感觉吧。虽然这感觉是刻意营造出来的，可终究也比没有感觉要好一些。

只是两人在一起的时间长了之后，这种怦然心动的感觉制造得并不到位，反而让两人因为各自的刻意和做作而显得关系很是别扭。项丽始终感觉生活中缺少些什么，而她的这些缺憾，恰好又是李一航根本给不了的。

真应该感谢这种别扭的关系，因为正是这种“别扭”才使项丽最终又投入到那位荣耀归来且浪子回头的前任的怀里。

于是，就有了项丽手指上的戒指，就有了李一航不时闪过心头的感伤。其实在项丽熟睡时低低地唤着前任的名字时他就应该知道，她不过是用他来疗愈之前受过的爱情的伤害而已。他或许早已料到自己不过是项丽生命中的过客，他路过项丽，短暂地拥有过她，而她也用自己的柔情温暖过他。可是，他们终究还是要分开。于他而言，这场被刻意营造出浪漫感觉的感情只不过是再次经历一场离别而已，但是对项丽来说，这场感情却使她下定决心要重回到一个熟悉的人身边。

**不得不承认，有些人的离别是为了回归，而有些人的离别却是为了再次去寻找。**

## 3

已经有三四天没有项丽陪在身边了，李一航真的很不习惯一个人静处在黑夜中。这个听着寒风吹彻小楼的夜晚是如此安静，以至于让疲惫了一天的他回到家后都有些不能适应。

以前他也是一个人，但自从有了项丽之后，夜晚便好过多了，并且他已经习惯了有项丽陪伴的夜晚。项丽喜欢看电影，于是每隔两三天他们便在家中看一部影片。李一航还记得，项丽离去的前夜，他们看的影片是《霸王别姬》。

“说的是一辈子，差一年，一个月，一天，一个时辰，都不算一辈子！”李一航反复地咂摸这句台词，他闭上眼睛，想到的就是如何留住项丽，虽然她不是自己最爱的那个人，但她的存在，已经成为了自己生活中的习惯。

习惯一个人比爱上一个人更可怕。因为前者总透露出淡淡的寂寞和孤独，以及对生活的一些无可奈何。

终究，李一航还是失去了项丽。只是，她不时地还会发来信息、打来电话，或者发来一封电子邮件。李一航眼前全是她那种说不上美丽却让自己倍感温暖的脸。

项丽每次联系李一航时，总是说自己过得不好，强调自己有着难言的苦衷，但她从不说这苦衷到底是什么。难道与深爱的前任重修旧好使她很痛苦吗？那么她完全可以离开那个人再回到李一航身边。可她没有选择离开，却依然隔三岔五地联系着李一航，这又是什么意思呢？

朋友们说："放下项丽吧，你不欠她什么，好姑娘多的是。"

李一航说："我放不下她，至少现在还放不下。"

朋友们又说："如果真的放不下，那就把项丽再'抢'回来。"

李一航稍稍喝了点酒，他说："随缘吧，或许生命中有一些离别就是为了怀念吧。"

曾经，他认定项丽不会离开他，他也感激她的出现。只是他不曾想到的是，原本以为被自己吃定的人，竟然丢开自己飞向了另一个人的身边。

每当夜色降临，李一航都会倒上一些酒，他看着这空荡荡的房子，这里再也没了项丽的气息，虽然她从没有给李一航带来过激情，但那种小小的温暖却足以令他怀念许久。

# 4

李一航再次得到项丽的消息是通过他们两人共同的熟人，就是“温柔一瓣”咖啡馆里的那个服务生。“航哥，项丽姐出国了，你怎么没跟着她一起去啊？是不是公司还有事情没忙完呢？”他一边玩手机，一边没话找话说。此时小店里顾客极少，窗外的雪下得正酣。

“这是什么时候的事？”李一航睁圆双眼，一脸的难以置信，但随即又恢复了平时的那种平静状态，略微红肿的双眼和抽动的唇角却出卖了他那人仰马翻的内心。“是啊，她回到他身边了，随他出国也在情理之中啊。”李一航这样想着。

“哦，你不知道啊。项丽姐说她一位很重要的朋友去世了，她去国外帮忙料理一些事情，然后还要回国的。”

李一航很想现在就跑去项丽面前，他要问清楚这是怎么回事，但不久后的一封电子邮件简洁而清楚地帮他理清了这些困扰。项丽的前任患病后自知不久于世，便恳求项丽陪伴他走完人生这最后的几个月。而项丽呢，也一直没能忘掉前任。她在咖啡馆里和李一航相识之后便与他发展感情，其实是因为李一航笑起来的样子当真是像极了她的前任。一场雪可以覆盖上一场雪，而一个人却无法让她忘记另一个人。离开李一航回到前任身边，项丽不仅是为了成全前任的心愿，也是因为她还放不下以前的这个人，正如现在的李一航放不下当初的项丽一样。

“他已经不在了，你回来吧，我想你。”李一航在看到邮件后马上给项丽发信息，他实在没有勇气拨打电话，而且，就连最后的那个“我想你”，都是李一航在思前想后犹豫了好久才写上去的。

马上，项丽便回复了短信。只是，项丽的回复彻底击破了李一航仅有的一丝希望。

“我已经回国了，目前就在老家。但我肯定不会回来找你了，你要好好保重自己，每天早点睡，我不在时也要记得给我留床。”在短信结尾，还有好几个大红心，可不知怎的，李一航看到这些大红心有一种想哭的冲动。以前，李一航出差时给项丽发的信息中就有“我不在时也要记得给我留床”这句话外加好几个大红心。

第二天，李一航打算去万达广场那里的手握寿司店去吃点东西，点些项丽平时最爱吃的寿司。然后就去订机票准备去项丽的老家，她说过她的家乡在哪里，而他也还记得地址。

只是很不凑巧，万达广场的手握寿司店不见了踪影，李一航有些着急了。他问其他美食店的服务员："那家手握寿司店，怎么关门了呢？"

"哦，他家租金到期了，好像搬走了呢。"

"以后都不在这里了吗？"李一航心里慌了。

"对啊，您没看见寿司店的招牌都撤换掉了吗？"服务员小妹看着眼前这个奇怪的失魂落魄的人，一时不知还要不要继续说下去。

其实这家手握寿司店很早之前就关门了，很可能，上一次李一航带着项丽来这里吃饭之后不久，这家店就准备关了。

项丽说得对，有些离别就是为了怀念。项丽与前任经历了生死离别之后，她学会了原谅；李一航与项丽离别之后，他学会了感恩。他终于明白，分开之后项丽所说的"过得不开心"真的不是在矫情，而是她真的很痛苦；而项丽也终于明白，有些人是无法用另一个人来代替的，有些感情也不是说忘掉就能忘掉的。当然，他们在各自余下的生命时光中还要去寻找那个真正能够陪伴自己的人，只是，在经历了这场离别之后，李一航开始害怕回忆起与项丽在一起的那些日子。

可是，人生中的有些回忆就应该被人时刻想起才对啊，这正如同生命中的一些离别，乃是为了重逢，或者，仅仅是为了怀念。

# 那个让你想不起给他打电话的人

李甜甜

前些日子下班回家时，一个熟识的出租车师傅抱怨他媳妇不常给他打电话，一天最多一次。而他认识的一个司机的老婆，每天嘘寒问暖，电话能打一百八十个，找不到她老公都会打给这位师傅。这样一对比，我认识的这位老实巴交的师傅立刻觉得，自己老婆不如同行司机的老婆那样重视自己。我就问他："你那位同行是不是名声不大好？"他一惊："你怎么知道？"我笑笑："这就对了。"然后我就给他讲了我表姐的事儿。

表姐之前的男友X,跟表姐是在校园开始恋爱的，表姐倾心X的暖心跟体贴。X的暖心跟体贴是有口皆碑的，用现在颇为时髦的一个词来称呼，叫暖男。表姐是个迟钝且大大咧咧的姑娘，自认为跟X有着深厚的感情基础，所以突击电话查岗、要QQ密码查记录这些事儿，她这种姑娘从来都想不起来，偶尔听到身边姐妹疑神疑鬼地要搞查岗突击，表姐表示不能理解。爱他，干吗要怀疑他呀?

表姐的闺蜜反问表姐："你就对他这么放心？"表姐说："也不是放心，就是我没想到过。"闺蜜叹了口气。

这一提点，表姐留意了起来，她用X的生日破解了他的QQ跟微信，发现华丽的袍子底下满是虱子。X的暖如同太阳一般，恩泽太广，暖的不是她一人，从贴心送内衣给干妹妹，到陪失恋女同学谈心整晚，再到陪女同事去三亚度假……毫无心理准备的表姐，瞬间崩溃。

尽管X道歉过，忏悔过，甚至下跪过，一再表明是表姐想多了，他跟她们真的只是朋友，可信任就像一个人的信用，一旦透支，不良记录便伴随终身。从此以后，风声鹤唳，草木皆兵。纵使大大咧咧的表姐，也有了难以复原的嫌隙，又无法割舍这段感情，于是在折磨自己的同时，也在折磨着X。原本两个人如果没有特别重要的事情，一天都想不起打一个电话，可是表姐失去了安全感，总是忍不住拨X的电话；原本X出去应酬只需要跟表姐说一声就好，可是这之后，表姐总会疑神疑鬼中途查岗；原本表姐打X的电话时，X因为开会等原因，总会挂断电话，表姐就乖乖地等待他处理完事情之后回给她。可那件事发生之后，表姐总是觉得他不一定在开会，肯定是在躲着她。表姐找不到X，就疯狂找她认识的X的同事，结果别人都说不知道。X抱怨："你能不能不要'夺命连环call'！"表姐反驳："那你得想想我以前怎么不这样！"表姐也纠结，她不想这样折腾得自己人不人鬼不鬼的，但是她怕了，那种说不出的不安感。这对曾经岁月静好的情侣，因为信任的破裂，相爱相杀，周而复始，恶性循环。

就在X去帝都出差那一晚，X打电话告诉表姐他会跟客户去吃饭，没等表姐说话便匆匆忙忙挂了电话。表姐再拨他的电话，那边的回应一直是"您拨打的电话已关机……"表姐那个时候已经不是猜忌了，她甚至在自责，然后天马行空地胡思乱想，担心X是手机没电了还是出车祸人在医院？手机没电可以跟别人借电话打个招呼，出车祸送医院警察会通知家人的吧？然后思维从X被捉奸跳跃到X被跨国器官贩卖组织绑架，再到

X被基地恐怖分子要挟成人质……于是再拨，再拨，再拨，再拨……

对方一夜无应答。

那是表姐最落魄的一夜。她发疯一般折磨自己，要立刻开车去帝都找X，却被家人阻拦，她就在房间里歇斯底里地大声哭喊。

表姐问姨妈："是不是天下男人都这般如此。"姨妈说："你不要自己选择瞎了眼活在黑暗中，就觉得别人都见不着光。"表姐问姨妈："那是不是我之前过分的电话太多，让他觉得我烦？"姨妈说："你一朝被蛇咬，肯定十年怕井绳，女人爱的时候才会患得患失。"表姐问姨妈："是不是我内心太不强大了？"姨妈说："如果对方是只见屎就爬、喜欢撩骚的苍蝇，你内心再强大也依然抵不过伤害造成的阴影跟猜忌，所以你会本能地纠结。"

任何一个出门在外的男人，能接到自己伴侣的问候电话，在我看来都是被牵挂、被珍惜、被依赖的"小确幸"。且大多数女人一般接到温暖的反馈，都晓得电话那边的人情世故，都会安全感满满懂得分寸见好即收，毕竟有被迫害妄想症的女人还是少数。因为存在于这个世界的意义，就是灵魂有了归宿便不再寂寞。你会确定，那个你牵挂的人，不管多晚都会留给你照亮家的位置的明灯。虽然女人有着依赖的天然本能，但是她也只会依赖她认为能给她提供避风港的那个人，如同静谧的深湖，大多数时间在柔和的月下宁静致远，温柔安详，容纳着深沉的爱意，不惊不扰。

可惜有人追求平静，就有人渴望波澜。当贪欲被唤醒，带着自诩风流实则猥琐的自私，享受着别样的风景，挥霍别人的珍惜，透支别人的信任，还要戴着正人君子的面具“一本正经”地占据道德制高点，但是心虚的气场却欲盖弥彰。未知的刺激跟既定的踏实都不愿意失去，于是贼喊捉贼，把这屎盆子扣到对方身上转移矛盾，自己反而无耻地恼羞成怒，理直气壮地用老掉牙的臭词泼向那位以心相许却又被折磨得患得患失的女子：“你想多了，干吗老打电话！”一棒子正中湖心，搅浑一汪清泉，于是湖水混浊而痛苦地翻涌起来，纠结不安，反复折磨那个女人。可她偏偏因为爱而不肯放弃执念，用折磨自己的方式践踏自己的尊严，机械而麻木地反复用电波信号求证最简单的两个人关系的终极奥义：到底，爱还是不爱？

**任何一段感情，如果爱到自我否定、自我怀疑、自我折磨，都不是好的爱情。**不好的感情，也不完全是一个人的错，两个人都或多或少有着责任。或多的责任，是原则性的问题，比如X的欺骗与贪心；或少的责任，是细节性的问题，比如表姐发现问题之后的情绪失控、感情用事、处理不当。只是，因为贪欲跟欺骗触犯的原则问题，不管冷静或者不冷静，它都客观事实般存在那里，不增不减。第二天中午，X像没事一样打来电话："哦，昨天吃饭的时候手机就没电了。"表姐说："我不想自欺欺人了，我只求解脱，分手吧。"

看多了相亲市场上男女双方对软硬件筹码的要求跟博弈，多是空泛虚妄。有了这份经历，再有人帮表姐介绍对象时，表姐提的要求都是要找个"让你想不起给他打电话的人"。女性比男性更渴望"现世安稳，岁月静好"，那个让你想不起给他打电话的人，是因为那份关系给了她踏实的安全感，她从直觉上跟心智上都信任对方的为人和这份稳稳的幸福。就像身体上的器官，健康的时候你才不会感觉到它的存在。我不知道她的这个要求到底是对感情看得透彻还是对浮华看得淡然。人们都说，好的婚姻，是做个好人，然后找个好人。婚姻里的忠诚是一切幸福的基底，那个好人，如果对幸福的理解足够隽永深刻，那么他一定是那个"让你想不起给他打电话的人"。只有那个"让你想不起给他打电话的人"才能日复一日守住那份心底的平静，让月下湖水静谧长存，灵魂有着温暖而坚定的寄托，从而抵抗岁月的风雨与侵蚀。

所以我对司机师傅说：“你媳妇不给你打电话，是因为你给了她满满的安全感。所以，你那位名声不好的司机朋友就是因为不安分，所以他老婆总打电话查岗。你不该羡慕他，他的媳妇倒是应该羡慕你的媳妇！”

# 我们第一次狠狠相爱

沈嘉柯

夏微识，那段时间你对我的服务全心全意、一丝不苟，都可以颁发给你服务行业的优质金奖章了。早上你把我的拖鞋套在你的脚上，晚上你等到楼下的小店打烊，因为我一定要吃十二点收工前的臭豆腐。我总是边吃边问你臭豆腐香不香，其实我知道你看见那黑乎乎的玩意儿就恨得牙根痒痒。

我一直没有察觉，你回答我的语调开始有了一点点的变化。这个变化，我是在2006年6月就要结束的一个中午发现的。我跟你说过我一辈子最大的梦想是睡到太阳落山，所以下课以后，你在外面兼职，我在家与枕头亲密不分。考试来了有你整理的笔记要点，我只需要略微背下就能60分过关。我旷课有你去冒名顶替，反正老师在课堂上从来没有见过我，也不知道我是男生还是女生。

直到那个中午我忽然醒了，看见电视里主持人念诵着古老的诗歌，声音抒情而悠然："红豆生南国……"我忽然很想喝红豆甜汤。当然，煮来吃的红豆当然和定情的红豆不是一种豆子，但我才管不了那么多，拿起手机就拼命给你发信息。

你回来的时候就握着一小袋红豆，神色有些淡漠。我说："快煮快煮，大火20分钟然后加冰……"我说得几乎要流口水了，你没吭声就进了厨房。等你出来的时候，我在饭桌边上等得差不多又要睡着。色泽浓稠、鲜甜芬芳的红豆水，我吃到第三口，一眼看见里面漂浮着一颗玉米粒，我一推碗，地上哗啦一片。我还没来得及矫情，没来得及投到你的怀抱里，你就摔门而出。

你丢下一句："你太难伺候了，老子不伺候了。"

大二那年，我在食堂吃着恒久不变的炸得金黄鲜脆的鲜藕夹。我有点孤僻，不算漂亮。我一个人的时间很多，我和男生不打交道。我吃东西默默不语。我喜欢默默地喜欢自己所喜欢的东西和人。食堂大厨怎么能把平凡普通的东西做得令人百吃不厌？

我一口一口咬着，不看任何人。你就坐在我旁边的桌子上。然后你挪动了，坐到了我的对面，我丝毫不去理睬你。我意犹未尽，我还想再去弄一块，你忽然夹起一块放到我的餐盘里。怎么就那么巧合，你的盘子里也有一块？这是不是你的预谋，如今已成悬案。

我纳闷了一下，抬头，看见你一副快吃快吃的表情，我没有说谢谢，你也没有说不客气。

你跟我说，我埋头认真吃东西的样子，好像一个可以白头到老的小媳妇。“去去去，谁是你的小媳妇。”我把话说完才意识到我的错误，因为你只是说像小媳妇，没说是像你的小媳妇。

你看我的眼神，充满柔情。

柔情，是多么简单的两个字。但力量强大，胜过诗歌、海洋、舰队。你的柔情是一张网，我只能够想到这样陈旧粗俗的比喻了。我是漏网之鱼，但我却奋力一跃，跳回网里去。

后来的事实证明，你看走眼了。

我要你给我一个合理的解释，你说你找到了一个比我温柔一百倍的女孩子。我嘲讽你，问那姑娘是火星来的恐龙还是

《怪物史瑞克2》里那样的胖妞？你的话冰冰冷冷："恐龙、胖妞都比你有人性。你究竟当我是男朋友还是男用人？"

你摔了电话。你摔了我的门又摔我的电话。从前这些事只有我做的份儿，现在世界颠倒了，我的天空也颠倒了。我再打你的电话，关机，关机，关机。我找到你的室友、你的同学、你的辅导员，他们告诉我你朝南而下了，原因是有家大公司愿意录用你，你提前试工去了。

我承认，我知道你没有能完完整整看一场电影。就好像《怪物史瑞克2》，我从头到尾笑得快活，而你被我要爆米花、要汽水、要柠檬水、要瓜子、要米脆巧克力、要苹果派的指令，折腾得屁股都来不及做热凳子。我要完了零食，最后要的，是你的肩膀，你的肩膀被我的眼泪打湿了。你的表情很木讷，你没看完整影片，没有了情节铺垫，根本不明白为什么那丑怪物和肥公主的拥抱叫我激动。我没预料到喜剧电影也会有这样感人的结局，我对你说："真正的童话也许不是美丽的公主和英俊的王子在一起幸福地生活，而应该是幸福的怪物和臃肿的公主热烈地拥抱。"我还问你："假如我丑了胖了，你还会一如既往地喜欢我吗？"

你深刻地看了我一眼，说："你从来没有漂亮苗条过。"

我知道你只是开玩笑，可接下来，我看见你淋了一头的可乐，我泼的。我知道自己玩笑开大了。

那是我们第一次吵架，凶猛、恶劣。最后你屈服了。我的武器是分手，你舍不得，你当然屈服。我想大概对付天下的男人，此招一出，再无匹敌的。我想我的《红楼梦》没有白读，爱情也如此，“不是西风压倒东风，就是东风压倒西风”。难道我就没有可爱温柔过吗？我努力让自己不去反省，可是我还是反省了。

我的答案，还是那一句：“是你太过于宠爱我了吧！”在你面前，我不能控制自己的脾气。我对所有人的态度，在你这里统统截然相反。后来，你反过来安慰我，你说：“因为我是你最爱的人。最爱的人，就是拿来出气的。”

那一刹那，我有过一点点的乖巧温柔，我在你的怀里，喃喃地说：“从此以后，我们都要在一起。”你说：“小媳妇，我跟定你了。”

小媳妇，小媳妇，你叫得这样顺口，我听得已经习惯了，习惯到我就是你的小媳妇。

可是你已经不要我了。

这已经是2005年6月了。

距离学校限定离校的时间6月30日，还有两天。

2005年6月28日，你买回红豆的同时，还夹着一本杂志。杂志是给我买的，但我一直没有去翻。我们吵架了，我们玩完了。你觉得累了，你不想伺候我了。杂志被丢到角落里了。

2006年，我讨厌看电视，所有的电视台都在放一部《阿旺新传》。从来没有大红过的郭晋安，却凭着扮演一个傻子阿旺，在中年时候事业逢春。走到哪里，都听得到各地卫视传出来的他嗲嗲地呼唤“小媳妇”的声音。

阿旺就是这样叫着他喜欢的女孩子，小媳妇，小媳妇。从小叫到大。把一个女孩子挑剔的心，把一段不可能的感情，叫成了真。

我捂住耳朵，我怕一放开手掌，就会回到我们第一次见面的场景里，你该笑话我了吧。

大二之前，我的功课还依靠自己。我的逻辑学很棒，一干文科生分不清三段论和归纳演绎，我却学得很好，考了89分。后来有了你，我成了世界上最不讲道理、最不讲逻辑的人。

我对你提的要求，和要星星、要月亮的无理霸道的孩子没什么两样。准确地说，和一个被爸爸宠坏了的小女儿没什么两样。其实，我在家里不是小女儿，是最默默无闻、分不到爱的女儿。说得再详细一点，是第二任妻子带来的孩子，礼貌照顾就够了，没有真心。

是你给了我机会。

现在我良好的逻辑学底子发挥了作用——我可以彻底改变自己，因为你离开了。但是我的改变，你看不见了。那么，我的改变是无意义的。

你的忽然离开，让我陷入了念念不忘的境地。

**念念不忘。从被爱着，到习惯不被爱着，有多痛苦？我说不出来了。**

现在是2007年的5月7日。

现在，我当然知道你的下落和踪影。我一直都知道，只是你一直不想再见我了而已。

你结婚了。

婚礼定在2007年5月的长假，受到邀请的人才有机会参加婚礼。你有没有再与我联系，我有没有送你祝福，我有没有时间在电话里说些无效的话，都已经不再重要了。

你从我那里搬走了以后，你的教科书，你的自考资料，你的功课笔记，你的杂志，全部都没有带走。我携带着你的那些东西，活生生是作茧自缚的笨蛋傻瓜。我全然不肯舍弃，直到今天，直到现在，我才开始清理，清理准备彻底当废纸卖掉的你的东西。

我要把它们当废纸卖掉了，为什么我还那么仔细地翻你的东西，最后只余你的杂志，我翻开了那本你买的2005年7月的《读书》。

杂志里面掉出一张2005年的麦当劳的优惠券。在这张优惠券正面最左边，青色底印着“优惠24式”。

优惠券丝毫没有被撕破。完全没有被用过，它就这样过期了，像没有来得及开始的爱恋。那些记忆散落了，不知道源头。我觉得好悲伤。

你终归没有花掉优惠券，就像是所有走失的爱情，最后都不露痕迹。那一年出了卡罗比牛肉卷饼，那一年我们就要毕业，那一年你要向南我要向北，我们的时光濒临崩溃。

请你把这张优惠券再翻过来，在它的背面，有这样一句话——我跟定你了！

2005年，你拿着它的时候，是想去吃的吧，是想要和我一起去吃的吧！因为我看见在这句话的旁边，写有我的名字——沈嘉柯。

如果我看见了，我就不会在你骤然离开的时候，坐在原地对你喊：“夏微识，你滚，我不稀罕你的伺候！”我喊完了，大声痛哭。我总以为你会听见，返回我的身边，可你没有……

人生不可返回，真正的童话，是你永远在心里记得我，而我永远这样怀念你吗？

你没有背叛我，我知道你从来没有。

是我太过奢侈，是我把我们的爱情挥霍尽了，你只能离开我。至此之后，只能空留回忆。我们的岁月，开始各自度过，那就这样吧！

# 我最怕的是，终究没能嫁给你

kiki拉雅

## 1

大学时候，我有个很要好的姐妹叫陈诗然，因为我们有很多相同的地方，比如都臭美，都爱睡懒觉。每个周末，室长李霞和菁菁都起床了，我们俩还赖在床上，比试谁会睡到最晚。起床以后一起在阳台洗漱，对诵《木兰辞》。我在大学时候有个癖好，就是洗澡时喜欢唱歌，而且一首歌就单曲循环唱一个星期，每次我在洗手间里的歌声响起的时候，陈诗然就会跑到门口抓狂地大喊："你要是再唱我把灯给你关了啊！"她知道我很怕黑，所以此方法屡试不爽。毕业后合租房子时，我再没有在洗澡的时候唱过歌，因为怕影响别的租户。

她们三个是每学期都会拿奖学金的学霸，班级前三名基本都是被她们占据着。我不是那种爱学习的人，最主要是因为我不喜欢我所学的专业，却神奇般地能跟她们打得火热，可能也因为她们并不是纯爱学习的书呆子。第一次在堕落街K歌K到又哭又笑是我们四个一起，第一次在酒吧high到去酒店开房也是我们四个一起。那时候的快乐和幸福都很简单。菁菁一贯很小资，拿到奖学金就去做指甲；李霞省吃俭用，每月攒钱去成都看一次她同村的男朋友。陈诗然正在谈着一场"非他不嫁"的异地恋，她的男朋友皮皮在深圳当兵，两人已经两年没有见面了。

## 2

大三那年，皮皮从深圳退伍回家，隔三岔五就往重庆跑。从皮皮家到重庆需要坐三个小时的汽车，汽车有三班，上午8点半一班，下午1点和3点各一班，皮皮可能到达重庆的时间分别是中午11点半、下午4点和6点，从汽车站到我们学校坐公交车需要一小时。这些都是陈诗然烂熟于心的数字。每次皮皮来的时候，就是陈诗然夜不归宿的时候。我们三个就会很讲义气地帮她摆平宿舍熄灯后宿管阿姨来查房的危机。

有一天晚上，已经熄灯了，皮皮来了个突然袭击。但是宿舍门已经锁了，陈诗然急得差点没从二楼的阳台上跳下去。我和菁菁想了一个很损的办法，让陈诗然假装生病，然后我俩左右搀扶着她去跟宿管阿姨求情。

“你看她肚子都疼成那样了，必须去医院挂急诊啊。”菁菁一脸着急的样子，演得栩栩如生。陈诗然在一边捂着肚子嗷嗷假叫。

“哎呀，要是她今儿晚上有个什么三长两短，阿姨，我们可担不起这个责任啊。”我继续补刀。

阿姨皱着个眉毛，半信半疑地拿钥匙开门放我们出去了。在黑暗里透过玻璃门看着这一切的皮皮真的是被逗得肚子疼。

“你们太能演了，不去混娱乐圈简直可惜了。”皮皮笑得合不拢嘴了，被陈诗然用手硬生生地给捏住了。

后来皮皮索性在我们学校外面租了一间房，陈诗然也跟着搬了出去。皮皮没有上过大学，要在重庆找一份像样的工作并不容易。皮皮从来不告诉陈诗然他在做什么工作，只是每月领到工资以后都会请我们寝室几个人一起出去吃一顿，说是为了感谢我们在他当兵的那两年对陈诗然的照顾与陪伴。我们当然也舍不得让皮皮花销太多，所以基本都是在学校后门外的那条堕落街上叫上五碗馄饨或者两毛钱一串的麻辣烫。那时候的我们都没有什么钱，觉得路边摊就很美味。那时候陈诗然和菁菁在准备考公务员，李霞签了成都的富士康，和她那同村的男友即将结束异地恋。而我在本地一家杂志社实习，回学校的次数越来越少。

有一次杂志社翻修，请了很多临时工帮忙搬运桌椅和柜子。我路过大厅的时候看见一个青年背着一个一米多长的木书架，因为背上扛着沉重的书架，他的背和头都被压得很低很低，即便如此，我还是认出了他，那不是皮皮嘛。他见到我觉得很尴尬，让我别告诉陈诗然。我明白作为一个男人皮皮所持的自尊心。我说：“放心吧。”然后我们就没有再交流。走过大楼拐角的时候，我又回头看了看皮皮，那个阴冷的冬天，皮皮布满灰尘的裤腿刺痛了我的双眼。

## 3

两年后，我接到陈诗然的电话，她要结婚了，在南方的一座小城。

我比李霞和菁菁都先一步抵达，打了一辆出租车直奔陈诗然的家，街道上还没有什么人，路边卖早餐的小摊上还勉强能见到一点人气。屋子的门虚掩着，轻轻推门而入，我看见陈诗然那熟悉的背影，一件松散的黑色毛绒大衣，随意地盘卷着头发，正弯腰给阳台上的几盆绿色植物浇水。我在后面叫了她一声，她起身回过头见到我，放下水壶就迎上来给我一个大大的拥抱。陈诗然还是那么漂亮，只是不那么爱笑了。

那一晚，陈诗然拿出她自制的米酒招待了我，我们俩就在阳台上喝酒。自从大学毕业以后，我们就再没有这样聚在一起畅谈过。

“你和李霞联系过吗？”陈诗然忽然像是想起了什么似的，我摇了摇头。

“李霞结婚了，就是和那个经常跑到楼下叫她名字的男人，还记得吗？李霞打胎时我们在医院见过他。”

我这才想起当年在医院昏暗的走廊里，靠着冰冷的墙面不敢直视我们的那个年轻的男孩。

“她未婚先孕了，怀的是双胞胎。”陈诗然继续说着，“这次不敢再堕胎了，就匆忙举办了婚礼，除了他们村里的父老乡亲，谁都没来得及邀请。纯粹的裸婚啊，什么都没有。”

陈诗然感慨万千。我觉得这其实也没什么不好，他们经历了那么多之后总算是有了个结局，可能这并不被现实的价值观所看好，但至少，在他们的那一方天地里，他们得到了自己想要的那一份圆满。这世界已经有很多被演坏的戏剧，不用再增加一出了，不是吗？

我倒了一大杯酒，向陈诗然举杯：“来，纪念我们逝去的爱情和终将逝去的青春。”那一夜我们到底喝了多少酒，说过哪些话，我后来都记不清了，却仍然记得那晚温柔明亮的月光，挂在阳台屋檐边上的月亮一定听见了我们所有的秘密。

在陈诗然的婚礼上，我见到了那个他，他当然不是那个和她一起走过了四年风雨的皮皮。皮皮在陈诗然毕业以后南下打工，说赚够了钱就回来娶她，可是他一去却再没有回来。陈诗然跟我说：“幸福可以有很多种样子，如果你找不到自己爱的，至少还有人愿意爱你。”

婚礼当天，陈诗然穿着洁白美丽的婚纱，脸上洋溢着灿烂幸福的笑容。我相信那笑容是真的，相信她说的幸福也是真的，就像她曾经说过的：“这以后便是我自己的人生，不可能更好，也不会再坏了。”

当那个男人为陈诗然戴上戒指的那一刻，我跟着台上的陈诗然一起哭了。我们都知道，陈诗然这一路走得有多辛苦。现在她终于找到了自己的归宿，我真的为她感到快乐。只是，有那么一瞬间我幻想着，如果站在台上的是皮皮，他们在宣誓前应该会有很多很多故事要讲的吧。

礼花撒下的时候，我穿着小礼服踩着高跟鞋往门外走，掏出手机拨通了皮皮的电话。

“皮皮，陈诗然很幸福，你可以放心了。”

毕业那年，皮皮南下打工。有一天，他在工地上搬运建材的时候从半空落下一根钢棍，当时来现场送饭的包工头的女儿扑过去推开了他，而那位姑娘的一条腿却断在了钢棍之下。皮皮成了姑娘的另外一条腿，要陪着她走下去。

**该亲吻的时候就不要说话，该拥抱的时候就不要吵架，别轻易放开手，因为你永远不会知道，明天和意外哪一个会先来。**我知道陈诗然终将会忘记皮皮，在某个醒来的清晨，或是某个宁静的黄昏。当岁月和美丽被吹散成风中的叹息，等青春散场之后，我们到底还能剩下些什么。我真的不怕留住你太难，只是怕失去你太简单。我最怕的是，终究没能嫁给你。

陈诗然敬了一圈酒后，过来拍拍我的肩膀："你在这儿发什么呆？"

"我在想，我们好像有很久没有一起对诵《木兰辞》了。"

# 第 3 章

# 最爱的人，往往不能共度余生

# 如果亲口说过爱你

李荷西

若我们再相见，一定早点爱。

让他的世界拥有她的脚步。

## 成长的代价

我一直记得那段日子。

应该是阳春，窗外飘着杨絮，不远处的操场上，总能传来跑步声。学校门口的爆米花小摊，又炸出一锅新的爆米花，甜腻的香味悠悠然在空气中不知勾了多少馋虫。站在讲台上的老师面孔模糊，我周遭的一切都仿佛戴了面纱，似是而非的。

晚上睡前，奶奶揉了揉我的手，满眼忧愁："孩子，你烧心呢。"

我确实感觉到一种热，从心脏蔓延到掌心，指尖都长了倒刺。

我13岁，初二，每天走15分钟路上学，和我的小学同学姜蕊一起。姜蕊是个小个子的姑娘，爱穿牛仔衣，口袋里总是装着零食。

"我觉得我病了。"我对姜蕊说。

"要不要去医院？"她扑闪着大眼睛，十分关心。

"不用。"我摆摆手，感觉秘密就要咆哮出口，童真正在破碎消失。

我能说出口吗？我正以一种自己都无法理解的方式，静默地爱上一个人。

他就坐在我隔壁窗边的座位上，他写字时喜欢微微侧歪着头，他皮肤略黑，鼻梁高挺，成绩好得可以睥睨我认识的所有人。

我总是趴在课桌上，头前挡上一本书，就这么偷偷地看他。我的目光越过别人的脊背望向他的侧脸，偶尔他会发现，扭头看我，虽然时间很短，但我看到他的目光里，有微尘在跳舞。我看到他正在用鼻翼吞吐出一片草原，他的发丝间盛放着一朵又一朵透明的花，他的嘴巴抿出了一个宇宙。

荷尔蒙到底是什么东西？我不知道是因为爱上他而来了初潮，还是因为身体的变化而爱上他。

心慌意乱的早晨，我吓傻了，拖着被角不去学校。奶奶不知道怎么解释，喊来了站在院子里等我的姜蕊。姜蕊咯咯笑着说："哎呀，浅浅，用我妈的话说，你长大了。"

我也知道我长大了。被一个人夺去了整颗心，就是长大的代价。

## 在梦幻中百年

一整个暑假，我总在下午的时候去学校门口溜达，因为他喜欢在下午去操场上踢球。有时我能逢到他，有时错过他，有时，那条路上我踏下的脚印都是徒劳。

逢到他的那几次，他骑着自行车，球放在车筐里，因为热，衬衣的领口解得很开，可以看见嶙峋的瘦骨。

他打着车铃从我身边经过，漫不经心地跟我打个招呼，然后奔向一个少年的下午。

“你怎么总在学校门口乱逛？”有一次，他突然出现在我的身后，吓得我哆嗦了一下。他递过来一支雪糕，看我没接，又拿回去，帮我撕掉了包装，重新递过来。

“我……我在书店租书看。”

学校大门的右边，有一家租书店，无数痴男怨女的故事，躲藏在被翻得破旧的小说里。

“那好吧，再见。”他摆摆手离开，背影被酷暑蒸腾，慢慢消失。雪糕也化了。

我没有跟他说再见。现在想想，我似乎从来没有跟他说过再见。当然，也没有说过你好。你好是开始，再见是结束。我们没有开始过，所以不需要结束。

我每晚戴着耳机听音乐，像是逃避，也像是为自己创造出一个只做“想念他”这一件事的王国。

我在想象中与他相爱，我在每一个故事里与他厮守，我在梦幻中与他百年。

暑假很快结束，初三，我们分到了不同的班。他成绩好，去了冲刺省重点的尖子班。从这之后我和他只能偶尔遇见。考试渐多，每当学校放榜，我总能在榜首看见他的名字。做课间操的时候，我站在最后一排，遇见他从远处经过。我值周去他的班检查，遇见他一边做眼保健操一边默诵单词。偶尔在楼梯口或者某个转角处，我遇见他的时候，他都心无旁骛，目光清明。

我还遇见他的朋友，他的作业本，他被传阅的满分物理试卷，也遇见过他的窘状。记得他有次参加英语演讲比赛得了奖，领完奖下楼梯，姿势华丽地跌了一跤。台下哄堂大笑，我也笑了。我笑了好久好久，一整天，一整个青春。

后来，他终于要远离家乡去读那所著名的高中。而我，无法同行。

但在学校的大红榜上看到他的名字，我特别高兴。我请姜蕊吃了汉堡，又请她溜冰，之后又买了她一直想要的超大个娃娃送她。

“你捡钱了？”她这样问我。

我嘻嘻笑，就是很高兴，很高兴。

## 在低处仰望

我的高中读得异常艰难。我十分努力，用宿舍里别的女孩的话说，简直是令人发指。在被窝里拿着手电筒窸窸窣窣地翻书。一早就像个猴子一样跳下床，随便洗漱后跑去教室。吃饭快得像汉子，每一分钟都掰开了用。

苦虽苦，但那段孑然独行对自己发狠的日子，是我最满意自己的时候。

寒假时，初中同学聚会，我再次见到了他。他被簇拥着坐在人群中，像答记者问那样回答各种问题。

有人问他：“你有喜欢的女孩了吗？”

他笑说：“没有。”

我知道他说的是真的。他的目光平静如水，穿越无数空气分子移到我的脸上。他也许知道我是喜欢他的，但他也知道，我的喜欢不需要他的任何回应。像别的暗恋他的女孩一样，我比谁都清楚我只是个再平凡不过的少女。而他，周身披覆的是被仰望的星光。

1月20日，是他的生日。感谢他出生在寒假里，让我有机会跟他说生日快乐。之后的每年，我都会拨他家的电话号码。

真的很矫情啊。他在家的时候，就对他说生日快乐。他不在家的时候，就对他父母说，感谢他们生养了他。

高中三年，我渴望又防备着与他有关的种种消息。假期聚会时，远远地看他觉得陌生又熟悉，像一场我未醒的梦，是我内心最坚定的基石。我十分清醒，我的努力因他而生。

高考填志愿时，我几番打听才知道他报考的学校，回家哭求父亲动用关系去帮自己改志愿。匪夷所思地，我考上了那所排名前十的大学。这是我所在的高中的盛事。

那个暑假，我没有再参加任何聚会。我看着镜子中的自己，只希望能再美丽一些。我去割了双眼皮，练习化妆，穿短裙和细高跟鞋。我在内心不断地演练与他重逢后也许会发生的故事。我并不渴求他会爱上我，我只是希望，我们再见面时，我是他不算丢脸的“熟人”。

## 向他走了99步

可是我们并不熟。同校不同系，偶尔一起吃饭。有时他踢球，我就坐在一边看，看时间在他身上留下的印记。在人才辈出的大学里，他依然最耀眼。

身边有捧着水等他的女孩子，扬着灿烂笑靥喊他的名字。一场终了，他朝我们走来，我落荒离开。

我想我是习惯了沉默地去爱他，甚至无法与他正常交流。后来在一起回老家的火车上，他笑问我怎么不找他玩，我支支吾吾说："我有异性恐惧症。"

我拿一本书放在膝头，装模作样地认真阅读。他敲敲我的书："别看了，我们聊天。"

"聊什么啊？"我努力让自己去注视他的眼睛。

"随便啊。"

"……"

我想我实在是太闷了，想不出任何话题。

"我特别佩服你！"他忽然说。

"为什么？"

"我记得初中你成绩不好啊，高考竟然考这么好。"

“嗯，也许是运气好吧。”我开始妄自菲薄。

“不是你爸给你花钱了吧？”他笑嘻嘻地说，并不认真。但我只觉得胸膛中的火一下烧了起来，烧到脸上，耳垂上，烧得嘴巴都开始颤抖：“你别瞎说！”

他剥了一个橘子递给我，我没接。他帮我把滑到地上的书捡起来，我也没道谢。甚至后来他发出邀请：“你寒假干什么啊，如果没事儿和我去玩吧。”我也假装没有听到。

后来我想，我这么爱他，为什么我们不能在一起？事实上，这是天注定的。天注定我生在了什么样的家庭，有什么样的成长历程，养成了什么样的性格习惯。我被他吸引是注定的，我沉默自卑、胆怯偏执也是注定的。

**瞧，我们有机会变得亲密的时候，我像鸵鸟一样把头缩进了羽毛里。我已经朝他走了99步，却在他可能会回头的时候，转过身去。**

## 每个人都走在自己的经纬上

有人说，追逐的过程其实比结果重要。很长一段时间里，我都这样安慰自己。我依然想他，想他是否真的对我有轻视，而我无法接受他对我有一丁点的轻视。

我是如此脆弱、敏感，像个并不美丽的瓷器，外壳冰冷内心火热地注视着他走在自己的经纬上，渐行渐远。

也许我不如以前那样喜欢他了，后来知道他有了佳人在侧的时候，感觉到的竟是轻松。

也许是因为轻松，所以再与他见面，说话似乎也自然了很多。当然还是别扭的。他的女朋友悄悄问过我，是否喜欢他，我沉默。那个女孩高挑、开朗、美貌，他们看起来很般配。

姜蕊大专毕业后在我学校所在的城市实习，也许她太想度我从求而不得的爱情苦海中出来，便介绍了男朋友给我。

那个叫程光的男生，第一次见面就捧了一束玫瑰。程光的追求很孩子气，不断地打电话、发短信、搞QQ“轰炸”、周末来袭。有一次，在姜蕊的牵线下，我们一起去民族村玩，同行的还有他和他的女朋友。

他一直握着女朋友的手，而程光一直在试图握我的手。我又开始别扭了，怎么都玩不开。在傣族村玩泼水，大家都很high，只有我站在圈外想尽快逃离。

也许他只是想拉我进去和他们一起游戏，于是一桶水都泼向了我。那是5月，水并不冰冷，可我还是被泼得发了抖。和程光一起先离开民族村的时候，我一直在哭。

坐在公交车上，程光问我："你喜欢他是吗？"

我点点头。

"可是，你看他已经有女朋友了啊。"程光的声音里也带了愁绪。

"你不知道我喜欢他有多久了。"我泣不成声。

"和我在一起，忘了他，行吗？"程光要度我离开他的海了。

我点点头，想了想，又摇摇头："对不起，我做不到。"

是的，我做不到在我还喜欢他的时候去和任何人恋爱。我做不到让我的生命里出现任何别的男生。

我在喜欢他的道路上走了太久了，如果现在放弃，会更看不见远方。

## 涅槃失败

之后我们的关系变得很淡。偌大的校园，不再是想碰到便可以碰到的了。我们走在各自的经纬上，渐行渐远。

听说他失恋，又恋。反正他不缺追求者，而大学有着培养各种爱情模式的温土。我的大学生活枯燥无趣，像是在重现高中生活。

大四那年寒假，我像往年一样拨他家的电话祝他生日快乐。电话是他接的，一直以来，他都不知道祝福他生日的人是谁，但那天，他问："浅浅，是你吗？"

我挂断了电话。

3月份，我生日，晚上突然收到他的短信："你下楼来，我有东西给你。"

他递过来一个纸袋，打开是一件白色薄衫。他说："你对我说过那么多句生日快乐，你的生日，我也该祝福你，感谢你妈妈生了你。"

这是他向我走的第一步吗？他的微笑那样亲切，我以为我随时可以跌进他的怀抱里，表白就在舌尖，可余光就瞟见他的第三任女朋友就站在不远处，对他翘首以盼。

他匆匆离去，我站在原地。

许久，他发来一条短信：“记得那天去民族村，你穿的就是这样的白色毛衫。那次真的很对不起。”

那个晚上我失眠了。也终于明白，他是在用一件薄衫跟我告别，让我停止喜欢他。

那么，他喜欢过我吗？他对我开始过吗？哪怕一分一秒，哪怕并不确定。如果没有开始过，那么为什么要结束？

因为一直在单恋，我似乎从未体验过失恋。可就是从那天起，我觉得我失恋了。我特别痛苦，像是涅槃失败的凤凰，我烧了自己，却没有重生。

下坠太久了，会贪恋洞里的黑暗。

毕业季，他被保研继续读书。我放弃了保研，决定远离。

## 让他的世界拥有他的脚步，我也保留我的茧

我找了个好工作，让我能迅速成长的那种。我见识了社会的复杂，人心的叵测，情商和胸怀似乎每天都有所不同。

我可以在面对讨厌的人时也微笑说话，我可以面不改色

地俯身捡起被扔在地上斥为垃圾的劳动果实，我可以对领导说违心的赞美的话，我可以找准时机给伤害过我的同事一个有力的回击。

我很忙，忙得有时忘记想起他，忙得有一天，终会忘记他。

可忘不了。他偶尔会出现在我的梦里，我会笑着醒来。忙碌中，间或会放空恍然，他还好吗？我开始每年都收到他的生日祝福短信，虽然短短四个字加一个叹号而已，但我的心已经开花。

但我明白，这是我们之间一个再平淡不过的仪式。但我知道他正在记起我来，他已经开始在回忆里探究我了。他明白我的心意，越来越明白。

到我这里来吧！我不断祈祷，让我在你那里低了又低的自尊心重新树立。让我因为你爱我，而更爱你。让我们在一起时都不必低头，让我不后悔在这条路上的跋涉。

毕业三年后，他也再次毕业了。不知道是不是我的祈祷收到了反馈，抑或只是机缘巧合，他申请到我所在城市的公司的offer，并且到来时，已经恢复了单身。

我像个地头蛇那样帮他租好房子，买好生活用品，带他东奔西走找家乡菜吃。

我们工作都很忙，他参加两个月的封闭式培训，之后就开始出差。但我觉得我们真的在一步步靠近。他主动给我打电话的时候越来越多，也会约我吃饭。我们还一起看过几场电影，坐在他的旁边，我可以听到他平静的呼吸声。

有一次从影院出来，下楼梯的时候有人飞奔，他揽住我的肩保护我，那稍纵即逝的接触，让我只觉眼前一黑，漫天升起缤纷烟火。

我们在网上的交流也渐多。他开始说："你在干吗？睡了吗？天冷了，要加衣了。"

我们注定会在一起的，我从来没有地笃定过。

就这样吧，连开始都是慢慢的。我会了解一个全新的他，并且全盘接受。他会懂得一个过去的我，为他做过怎样的努力。让他的世界拥有他的脚步，我也保留我的茧。

2014年2月28日那天，他在昆明出差，问我想要什么礼物。

我终于鼓起勇气告诉他说："你能回来就行了。"

他买了3月1日晚上的火车票，在广场上给我打了个电话。

我正在加班，他说给我买了礼物，但不知道我会不会喜欢。

我已经渐渐在他面前建立起傲娇模式：“那真要看看是什么。”

“浅浅。”他喊我。

“嗯？”我的心因为他的呼喊开始颤抖。

“回去之后，我要跟你说件事。”

“好。”我扶住桌角慢慢坐下，等待终于有了意义。

电话挂断后，我陷入了甜蜜的幻觉。我会拥有全世界的，只是因为会拥有他。

但，他没有回来。一场意外让他永远地离开了我身边。

## 如果亲口说过爱你该多好

在我拥有的他的遗物中，有那件他送的薄衫，初中时写有他名字的红榜碎片，有关他报道的纸媒剪报，我们一起吃饭看电影时的所有票根，被抄在本子上的所有短信和聊天记录，他准备当礼物送我的七条颜色各异的手织披肩，还有他跌倒时紧握在手里染血的手机。

手机的草稿箱里，有他编辑好的要发给我的三条短信。

有一条是：“我想你了。”有一条是：“想了想，还是想通过短信告诉你。从姜蕊那儿知道你对我的爱情，我特别感动。毕业后就想去找你。但再次见面，我并不确定你是否还喜欢我。我现在是喜欢你的，如果你愿意和我在一起，能去车站接我吗？”还有一条是：“如果，你不觉得我曾经多么浑蛋，多么后知后觉，多么有眼无珠的话……”

我愿意呀，我愿意为了接到你而守在车站一世。

只是，我再也接不到了。

为什么在最开始的时候，没有亲口说过喜欢？如果那样的话，也许我们会走向另一个国度。就算最终没有在一起，但至少能同时看春暖花开。

你看，你看，他竟消失在了花要开的季节里。

我才刚刚尝到你给的一点点甜呢，你曾经让我吃了那么多苦。给我还回来，还回来！

自责与后悔杀得我没有了未来。

后来被姜蕊拖着去看《星际穿越》，看到安妮·海瑟薇说的一句台词：“Love is the one thing that transcends time and space.”爱是一种力量，让我们穿越时空感受它的存在。

我捂住脸，在凌晨2点钟的影院里，没有办法停止哭泣。

然后我好像看到了他，就坐在我的不远处，笑脸如我多年前爱上他的那个下午一样干净，微微歪着头，很温柔地对我说：“浅浅别哭，如果在五维空间里能再见面，我们一定要早点爱。这次，换我等你。”

我猜我会永远单身，只守着我与他的茧，不要成蝶。

# 还记得楼下等你的少年吗

伊心

新认识的小朋友才读高三，和班里的男孩子早恋，寒假的时候手拉手走在商场里，结果迎面撞上了也在逛街的父母。父母震怒，将她禁足在家，通讯工具全部没收。女孩可怜巴巴地写检讨，被要求深刻反省上次模拟考成绩下滑的原因。开学第一天，男生傻乎乎地站在她面前说："我几乎每天都骑车去找你。"女生很惊诧，刚想否认，男生又有点委屈地说："我不敢上去找你啊，站在你家楼下，看几眼你房间里的灯光就够了。"女生憋了一眼睛的泪，回头发邮件给我："你信不信啊姐姐，他这么令我感动。”

作为被找来督促她学习的“长辈”，我实在是没法回答这个问题，但我大概是信了。有一个老朋友高中时也做过这样的傻事。他不敢去找暗恋的女生表白，暑假里知道她每天有固定的散步时间，于是一有空就“路过”她家楼下，以期一场又一场意外的邂逅。事情当然不那么顺利，他不是无功而返，就是看见她和父母一起，只好远远地逃开。为数不多的几次，他顺利地遇见她，打个招呼，又不敢多说几句话，只好尴尬地告别，在相反的方向上走一会儿又飞快地奔回来，看着她的背影走一段寂寞惆怅的路。

很多年后，他们还是没能在一起，可是醉酒微醺时，他说起少年旧事，长长的叹息里带着岁月向晚的渐沉暗色。他仍然怀念那个夏季傍晚一点点斜沉的夕阳，还有她终于出现在视线里时心底一刹那的慌乱和惊喜。

大学里我有一个同学，男友是高她一级的学长。同学很磨叽，但每次他在楼下等到她，她问他来了多久，他都说我刚来啊。同学比较粗心，也从不觉得自己动作太慢。后来不知她在哪本言情书或是偶像剧里看到了类似的桥段，追问了他才知道他每次都等她很久。一次下雪，她心疼地问忘了带伞的他：“你到了怎么也不打电话催我一下。”他说：“反正你总要下来的，以你的智商，催你你肯定又丢三落四了。”

男生毕业离校那天，她红着眼睛在宿舍收拾东西，一件衣服和两本书在手里折腾了不知几遍。我都为楼下的他着急，可她抬起头泪流满面地跟我说：“他以后再也不会在楼下等我了。”

我们大学的校园又空旷又安静，宿舍楼下的树木浓密沉静，最适合做离歌的背景。所以我至今都记得她的粉白裙子和他深色衬衫的背影，在那段树影斑驳的路上愈走愈远，直至更心有戚戚的人生。

也许是因为快要毕业了，校园里的一切都好像散发着让人迷醉的气息。很多琐碎的细节像温柔的光源一样又亮了起来。那些真诚宁静的时光好像正临末日的倒计时。有人愿意说：“用我炽热的感情感动你好吗？”也有人愿意回答：“路途遥远，我们在一起吧。”

住同一层楼的女孩，一起坐电梯下楼时经常打电话打不通，所以一出电梯门就一边跟我说再见一边飞快地跑出去，生怕她男朋友多等一秒。

学弟每次送学妹回来，一直看着她走进宿舍楼、刷卡然后消失在楼梯口，可女生从未回头看过。我问他为什么不表白啊，他说怕表白了连朋友都没法做了。

**忘了是谁说过，我对你的眷恋，都是很小的事情。**是啊，在数不尽的时间里，在日日重复毫无新意的每一天里，我对你的眷恋以及怀念，都是很小的事情。在偶像剧之外的平凡人生中，所谓爱也许不过是会心一笑的刹那、心有灵犀的一瞬、温热的一杯牛奶或者一个担心焦虑的电话而已。

愿每一段短暂的、漫长的、沉默的、坦诚的心意都能为人所知，被珍视，被挂念，被小心安放。他了然于心，你念念不忘。

# 再爱的人，都会有遗忘的一天

花小雨

## 1

阿布结婚了。她在得知这个消息的时候，埋头数着日历算了算，他结婚的日子正好是他们分开后的三年两个月二十四天。

没有收到任何通知。起因是还有三天自己就要过生日了，她低头看着颈间的项链，就想起了他。

那时他还是个穷学生，为了送她一份生日礼物，辛苦熬夜做了一个月的游戏代练。想起他，迟疑地搜索了他的QQ资料，于是，就有了后来的泪眼横飞。

他的头像换成了醒目的婚纱照，穿着新郎装幸福地咧着嘴角抱着同样幸福微笑着的新娘子。那一刻，她甚至都没有来得及思考，眼泪就汩汩地流出，砸在心上，疼得不知所以。新娘的红色礼服在她眼前，模糊成鲜血的红，夹杂着腥味。

阿布结婚了，是在十天之前。

她努力在想十天之前是什么日子，他结婚的当天她在做些什么。那天，她竟没有一丁点的预兆或者感应吗？苦思冥想之后，她想起在他人生最重要的那天，她依然过得和无数个平常日子一样，吃饭、睡觉、上班……

她喝了两瓶啤酒，昏沉沉地躺在床上闭着眼睛哼歌，想到什么词就哼什么，也没个完整的曲调。一边哼着歌，眼泪一边顺着她的眼角往下流，也不知道是什么时候睡着的。

三年多了，心还是生生地为他疼着。而且，她不知道什么时候是个尽头。

## 2

她两眼潮湿，几近绝望地看着他问："你是不是不爱我了？"

他躺在床上，甚至没放下手中的瓜子，一边嗑着瓜子，一边那么随意地回答了句："是，我不爱你了。"

当她听到那句"我不爱你了"时，一脸愕然，脑中一片空白，突然就看不见近在咫尺的他的样子，因为她早已泪眼模糊。

她不知道这一个月发生了什么，只是感觉到他的态度越来越冷漠，甚至几天也不会主动打一个电话。她跟他吵，跟他闹，他就"啪"地挂了电话，急得你一点办法都没有。

时至春运，没几天就要过年了。她匆匆打包了行李，不顾家人阻拦，执意要去找他。她觉得一定要跟他当面说清楚，才分开没几天，他怎么突然就变了个人似的。他们在一起三年，他可从来没有对她做过任何过分的事，甚至都不曾大声喊过她一句。

长途跋涉，又赶上春运，她只买到了站票。站了九个小时之后，又倒了四个小时的汽车，才到了他家的镇上。一路上，她身子瘫软，几次都想哭出来，心里却想着，快了，快了，见到他就好。

“我不爱你了。”这是她一路艰辛得到的答案。她心灰意冷，开始打包行李，静默在一旁的他眼神复杂地看着，不曾阻拦，也没说过一句话。她叠衣服的手在颤抖，真怕自己眼前一黑倒下去。她的心是有多疼啊，他竟然一点都感觉不到，或许她自己也不知道。

他们之间怎么了？她无从知晓。但她知道，他说的这句话是真的。她在这里的几天，他俨然已经不是从前的样子了。距离和冷漠突然就横在了两个人中间，多次她想探其原因，喊也喊了，哭也哭了，他不是说着“根本就没什么，是你想多了”，就是沉默着不理她。

在一起生活了三年的男人，突然就变得陌生了。那诡异的气氛来得猝不及防，来得莫名其妙，来得你毫无应对之法。

还爱着，可以吵到天翻地覆。还爱着，可以闹得天崩地裂。还爱着，可以为你不辞辛劳，为你奔赴千里。还爱着，一切妖魔鬼怪都不可怕。可当对方真真切切地说着不爱的时候，你就变成了小丑，你所做的一切都是在践踏自己的自尊心。

天空飘着细细的雨丝，天气阴冷。她拖着行李走在前面，他走在后面，一路上彼此都没说过话。买了车票，进站等车，彼此的表情都是各怀心事的漠然。直到火车进站，她的眼泪突然就“哗哗”地抑制不住地往下掉。她怕这一辈子都看不见他了，越想越伤心。直到离开的一刻，她都不知道到底是因为什么分的手，对方冷漠的态度又容不得你放下自尊心再去追问什么了。

上了火车，她含着眼泪回头看他，他的眼睛里还是写满了陌生。她想这个人也真是绝情啊，三年来，她从来都不知道他是如此决绝的人，尤其是对她。

车子缓缓前行，她就那么一边掉眼泪一边盯着他站的地方。最后一刻，直到最后一刻他在月台上看着车窗里的她，眼睛里的神色变了，有绝望，有无奈。虽然眼神复杂，但是她认出来了，这才是她熟悉的他，带着怜爱的眼神。

这一别，他们再也没有相见过。他最后那个眼神让她纠结得难受，却没有人肯给她个解释。他不再接她电话，也不回消息，慢慢地删了所有的联系方式。

## 3

心疼，疼得撕心裂肺，手在发抖，整个人都在发抖。眼泪，都是眼泪，一直掉，一直掉。她似乎坐都坐不稳了。

“骗子，都是骗子。”这是她脑袋里面被炸开后，仅剩的一句话。

偶然地，她从朋友那里看见了他和新女友外出游玩的合影。开始还满是心酸和记恨，嘴上也骂着，怎么会找个这样丑的女朋友，也太胖了，不就是小学校长的女儿吗，呸！她在胡思乱想，心里狂骂这对“狗男女”一通之后，注意到了相册上水印的时间。

这不是新照片，是旧照。只不过是刚发到网上而已，那个时间竟然是她离开他之后，不到一个月拍的。

她脑子里面突然就炸开了一条线，似乎一直以来想不明白的东西一下子全都理清了。他为什么会突然变得冷漠，为什么要跟她分手，这些让她一直耿耿于怀、困惑的问题似乎都得到了答案。

“背叛”——这是她想到的第一个词，他竟然背叛了她，很大的可能是他们还没分开的时候，他和这女的就好上了。她被骗了，被她认为一向忠厚老实的他骗了。当你发现你认为的刻骨铭心的爱情，竟然存在“背叛”这么肮脏的字眼，所有的美好一下子都幻灭了。

她觉得眼前的世界都黑了，坍塌了，崩溃了，抑制不住身体的颤抖。

“那个在我难过的时候，为我擦眼泪，甚至着急地抱着我自己也湿了眼角的人，是假的吗？那个下雨天把伞全撑到我这边，自己淋得一身湿的人，是假的吗？那个在我说水凉之后，再也没有让我洗过一个碗、一件衣服的人，是假的吗？”无数个问题在她脑子里盘旋，她想求证一切，又想推翻一切。

昨日种种，小心翼翼保存的回忆，一夕之间竟然都变成了虚心假意的伎俩。

她一个人过着昏天暗地、撕心裂肺的日子，竟然变得可悲起来。在她吃饭时哭，睡觉时哭，走路时都在哭的阴暗日子里，他早已抱着新人四处游玩了。

她盯着眼前的相片，狠狠地说了一句话：“王八蛋，只要你活一天，我就恨你一天，直到你死那天都要记得，这个世界有一个人在恨你。”就算他听不到，她心里的怨恨却真真实实地存在着。她发誓，不再爱他了，要恨他一生一世，生生世世，永不遗忘。

## 4

她并不想虚度时光，抓着记忆不放，抓着那些过去不放。可一个人是没有办法去阻止回忆的，爱也好，恨也好。越刻意不去想，却记得越清楚。

刚分开的一年多时间里，她似乎都在做梦似的过日子，所经历的人和事都像一场空白场景，一年就像昨天一天那么长。脑子里剩下的只有和他爱恨交织的回忆，再没有其他深刻的东西。

很漫长的一段时间里，他一直都是她揣在心口的痛，是午夜撕裂的哭声，是做梦都会痛醒的荒凉。

有些成长可能只是一觉醒来，也可能要经历无数个绵长的日子，甚至要经历数年的执着。总会有放开的那一天，在此之前任何刻意为之都是毫无用处的。那些痛苦和黑暗不可避免，没有捷径可走。

手心的温度和脚下的路，是你自己的事，可生命中谁来谁走，你却无法主宰。但你要知道，没有人会死于悲伤，当一个人走完绝境就是峰回路转的时候。

她重新恋爱了。一个阳光开朗的男孩，每一个单调的日子都有了色彩，每一个周末都充满了期待。吃饭、看电影、逛街，他们做着每一对情侣会做的事，享受着自己的幸福。日子慢慢拉长，又有了新的喜怒哀乐，她竟然慢慢地不再想起和阿布的那段感情。

她和妹妹一起上了地铁，她盯着对面座位上的人，心里想着好熟悉啊，长得真像我认识的一个人。下了地铁之后，妹妹说："你不觉得刚刚坐在你对面的人长得像阿布吗？"她顿时一惊，原来如此，一时半会儿想不出像谁，原来是像他呀。像她曾经心心念念，爱了又恨，恨了又爱的阿布。

她只是无奈地苦笑了一下，**果然，时间会改变一切，冲淡一切，治愈一切。这是她和阿布分开后的第五年。曾经爱得死去活来的人，变成了努力想都想不起来的人。**

# 给消失的爱人

康若雪

2015年5月20日。北京。

凌晨三点，仍不能眠，脑海里又开始出现你的影子。于是，发了呆，决意打开灯看书。一看，又是木心的诗。《肉体是一部圣经》里面写：“还是你从前爱喝的酒、爱吃的鱼、爱对的灯。”读到这里，一下子不忍，心又疼了一下。

总是这样。

看到有关爱情的文字，会想起你。

看到北京城里身形相似的人，会想起你。

看到亲密无间的情侣，会想起你。

看到黑色裙子，会想起你。

看到红烧茄子、康氏土豆丝，会想起你。

看到别人说自己是洛阳人，会想起你。

不能自控地想你。会这样想，从前的你又出现在我的生命里，仿佛从未失去。仿佛一切还停留在最幸福的阶段，从未变过。

可是我竟不能轻轻问你一句：“你还好吗？可有这样想起过我？”

你已经成了天涯里的陌路人，从此我再无你任何音讯。

## 1

记得初见时，是7月，整个长沙如火炉之城。你穿一袭黑裙，露出白皙的小腿，脚底亦是一双黑色拖鞋。发长，也黑，使脸部的肌肤更显得白。你站在公交车站牌下，四处观望。我从墙角走过，知道那是你，打一声招呼。你也确定了是我，对我微笑着。我心里一颤，仿佛你已经属于我。

我们一起走长长的路。我问你，为何称自己为宋二公子？你答说家里还有一个哥哥，自己排行老二，古代小说又看得多，喜欢那些公子哥儿们，就叫了这个名。这倒让我新奇，我问都看哪些，你答说《西厢记》《海上花列传》这样的都看。

走到我所在的那个单元，我们上楼梯。我把你迎进我的房间。你惊叹了一声，说一个男孩子的房间怎么可以如此干净整洁。你又看到满书架的书，就走到书架前，来回地浏览那些书。

“王安忆我挺喜欢的。顾城，啊，他最后……我不喜欢他。还有太宰治的书呀，我很喜欢太宰治。杜鲁门 · 卡波特？是不是个同性恋？”

这样评论完之后，你就拿着一本书，坐在床前的凳子上。我在床尾坐下，忍不住地去看你。

你竟然和我聊起《挪威的森林》，又说起木心，还说起高中时在笔记本上摘抄杜拉斯的《情人》这样的傻事。

我点头，觉得你真是可爱极了。

我大概也说了我喜欢的一些作家，但我已经忘了。记得的只是你美丽的样子。你那么端庄地坐着，轻轻说话，就把我俘获。

你要走，我送你，心里还是紧张的。直到你上了公交车，我走在回家的路上，心里竟不敢相信这一切是真的。回去后，我站在书架前，你的味道还在，我的心里就更加喜悦。

## 2

半个多月后，你就搬过来了，是为了找到一个安静的地方复习司法考试。你也在法学院，是大三的学生，这一点，是我们结识的因缘。

我去接你，走在路上，天却突然下起雨来。我怕你没带伞，又折回去拿伞。我走到公交车站，你果真没有带伞。你像个焦急的孩子，看到我之后，获救了。我撑高伞，你躲在伞下，紧挨着我。

我拖着你的行李箱，背上你的背包。我们走得那么慢，雨滴打在伞上，我们像走在音乐里。

我已经把床铺整理好，在床铺与衣柜中间打了地铺。你看了忍不住地道歉，我忙说没事。你又在床铺上铺上自己带来的床单。我把衣柜让给你一半，你欢快地把衣服全部挂了上去。晚上，我先睡在地铺上，你爬上床，关灯，道了晚安，又说了一些话，一夜无事。

第二天上午，我在客厅里看松本清张的书。你走了过来，说希望能和我好好聊聊。你说自己是真的没有办法才到我这里来，你看完了我的微信朋友圈，选择相信我。你说昨晚睡得并不踏实，想着回家。最后，你说希望我们以朋友的身份，愉快地相处。你说着说着差点哭了起来。

我等你说完，点点头。你相信我，是相信人性的美与善。我说放心吧，好好住在这儿，我会以君子之道待你。

你又一下子转为了笑脸，说自己想起了“既见君子，云胡不喜”这样的句子。

两个人就都笑了。

我开玩笑问你：“是要我做柳下惠吗？”

你窃笑点头。

这次谈话过后，我对你的好感中竟多了一丝怜爱出来。我开始每日给你做饭，为你泡咖啡，买你喜欢吃的零食，对你嘘寒问暖，又给你足够的安静空间进行复习。

你极爱吃我炒的土豆丝。我说那是母亲的独创，把土豆丝炒到焦黄，香味浸出来，一口咬上去，又香又脆。你要我每天为你炒土豆丝，我也就每天都做这道菜。吃得多了，你就干脆把它取名为“康氏土豆丝”。

夜里常常要一起说很多话。我去过的地方、见过的人、经历过的事，你都觉得有趣。你告诉我许多从未告诉过别人的事，我才知你原是如此单纯的。

你的母亲是基督徒，很虔诚，每个周末都会去教堂。年少时，母亲就常给你读《圣经》，教你唱赞美诗。从小到大，你生活在温室里，是从没有经历过风吹雨打的花蕾。一切的知识和教育皆来自书里。你的未经人事，更加使我怜惜。

后来，我每晚都会为你讲一个故事。比如，为你讲《洛丽塔》《霍乱时期的爱情》，或者讲海子、讲张贤亮。

你呢，则为我读《圣经》，还要我紧闭着眼，为我唱赞美诗。你的声音温柔，歌声钻进我的心里，我竟感动到哭，偷偷把泪掩在被子里。可有一次你还是看见了，你竟诧异我的感情如此敏感。

我说我本已经成了冷心冷言的人，遇到你之后才又温热起来。

你听到后，一下羞红了整个脸。

我说起一句古诗："与君初相见，犹如故人归。"你于我，就是这样的故人。第二天，你答我"君子世无双，陌上人如玉"。我才知我们心里都有了彼此。

我知道你的歌声如此好听，就要你唱歌给我听。你喜欢孟庭苇，又喜欢蔡健雅，大多是我没有听过的歌，但唱出来我又很喜欢。你唱得累了，我们又一起听歌，我要你也听听朴树，听听*Sparks*，听听理查德·克莱德曼。

听完歌，又开始聊天，自己都好奇何以会有那么多话可说。

你高中时试图去恋爱，心里已经想要去确定，但终究连手也没有牵。大二时喜欢上一位老师，去表白，遭到拒绝，后来老师又反悔，来缠着你，你就把他看轻了。

我诧异如此优秀的你竟然没有恋爱过，原来是因为你的骄傲。那些追求你的男孩子们，你皆觉得他们肤浅庸俗。

然而你内心其实是觉得孤独，有着期盼的。想遇良人，想遇英雄。又有一些家庭的事，学校里人际关系的事，叠在一起就有了很多伤心。或许是因这种伤心渴望一种安慰，我们终于拥抱在了一起，有了亲吻，有了抚摸。

第二天，你找到我，告诉我，叫我把这一切都忘掉。我看着你，吻痕还在，心里有些不能原谅自己。晚上的时候，你告诉我说你的心里有犯罪感。你生活在母亲的虔诚信仰下，于男女之事，终有些不敢触犯。

那一段时间，你必有很多困惑，复习状态亦不好。白天我留你在房间，我在小小的客厅看书写作。

有时想起你，就唱王若琳《有你的快乐》：“在一起越来越久，开始会对你在乎……”知道你是能听见的，亦能明白。

到了晚上，我们忍不住又聊天，又有亲吻，过后又像两个犯了错的孩子。如此循环，有担忧，有窃喜。

有一天，你问我，如果你走了我会怎样？

我一时惊在原地，不知该如何来答你。

你说："我终究是要走的。你是一个要成为作家的人，要学会面对离别。"

你不知我的情深，竟用这样的话来试图安慰我。

原来不是试探，你真的是要走。你说母亲一直打电话，叫你回家去复习。来我这里复习的事情，你当然没有告诉母亲。母亲只是以为你待在学校宿舍，很苦很累。你答应了母亲。

送你那天，一切都忘了。我回来时抓住书就躺着看，直到在书里睡着。醒来你不在，一片冷清。那之后几天，我的身心皆想着你。

我犹豫着，还是在朋友圈发了一条状态："你离开了南京，从此再没有人与我说话。"

你不听李志的歌，但这话里的情愫，聪明如你，定是懂得的。

可是没有你的回应。

我总想起聂鲁达的"仿佛你消失了一样"这句话，又自己写："离别来得轻，而回忆重，有些缘别人不懂，最怕是世间人事来去，如风，如雪花无踪。"

你终于回了我的微信。你说自己在家一切都好，叫我不用担心。就这样一句，抵了我多少相思。

我也才知你在骄傲之外，还有决绝。之前你告诉我，在你的世界里从没有中庸，或冷或热，都是极端，我此刻也只能相信。

## 3

九月初，到了你开学的日子，我发短信说要去接你，你也就答应了。

我前一夜整夜失眠，凌晨搭出租车去火车站。你晚点近两个小时，我看到你时，俩人都是憔悴的。然而到了我的住处，又欣喜了。

俩人又恢复了从前的生活，甚至更加亲密。你终于承认了你的冷只是为了躲避我，然而又躲避不开，还是要来。

不久之后，一个温柔的凌晨，我们彼此拥有。我紧抱着你，像抱着一种柔软的永恒。

你是喜悦的，趴在我的肩头。

你说："在没有遇到你之前，本以为性是一件羞耻的事，却没有想到它原来如此自然，令人欢愉。”

我夸赞你的极美的身体，你也就在房间里很自然地赤身与我相对。

我笑说我这里可真是金屋。你答我那就永远藏在这金屋里。

这样男欢女爱的日子，我忘了写作，你忘了复习。我说起李后主的“奴为出来难，教郎恣意怜”，又说起纳兰性德的“不辞冰雪为卿热”，你有些羞怯，到了晚上，却又奔放起来。于是我又找出木心的诗，“因为第二天又纷纷飘下/更静、更大，我的情欲。”我们就躲在被窝里笑，你说如果能一直这样下去，那该多好。

司法考试那晚回来，你告诉我说考试时只是想着我，不能自拔。这之后，你的感情开始像一团烈火将我包围。这种极致的热，誓要将我融化。为此我牺牲了所有看书写作的时间来陪你。

你开始进入厨房，学习做饭炒菜，终于将红烧茄子练成了你的拿手菜；你开始为我手洗一件件衣服，又将它们好好晾晒；你开始和我一起去见我的朋友，却又把他们分成喜欢与不喜欢；你开始要我陪着你一起看美剧；你开始和我一起去超市，看到那些家电，说如果我们结婚，有了孩子，该怎么布置整个家。

有一次，去咖啡馆，我们说一些话之后，我看到书架上有岩井俊二的《情书》，就拿来读。你却在桌上的留言本上写起字来，并声明不许我看。等你如厕的空隙，我终于忍不住看了。你写：

康：
你是我的诗人。
我要重新变得傲娇，要学会不那么黏你，
不然你就会不再爱我了。
我要为你生很多孩子，
共度余生的荒。

又有一次，你去学校上课了，我只是不停地想你。

我在朋友圈写下：

人们都纷纷走开了，我不需要/甚至，连波拉尼奥都很远/

而我自己尤其温柔/特别是想你的时候。

你看到后，从学校的教室里不顾一切地奔回来，你亲吻我。我们爱啊爱，像从未爱过，像再也不会去爱。

## 4

你的司法考试没能通过，后来又参加了一次公务员考试，成绩仍是不够理想。毕业日将近，父母的意思，是要你回到洛阳，考到法院或去律师事务所都好。你问我的意思，我当然百般要你留在长沙，却也没有给你任何具体的建议。

有一日，你说："你对我再也不如之前那样温柔与耐心了。"

后来，你看到我对待别人的冷漠，又自我安慰起来，你说："原来你是把所有的温柔与爱都给了我，我应该满足。"

你说到温柔，我想到马雅可夫斯基的"我可以变成无可指摘的温情的人，不是男人，而是穿裤子的云"。

有时我真想做一朵天空中的云呀。我是个怪人。

你也懂得了我的怪。你说我有时像个还未长大的孩子，有时又已经老去；有时是个生活上的白痴，有时却又那么聪慧懂得人心；有时冷漠得要命，有时又轻柔如叹息。这种分裂构成了我，于你，却是一种沉重。

有一日，你问我，何以痴迷书到这个程度。

你又说："你的心中有一片大海，一座花园，我却没有，我只是愿意和相爱的人在一起，有一份轻松的工作，过很简单却又惬意自如的生活。"

这些，我亦懂。你的家庭给你的教育，是所有人相亲相爱，不冒险、不纠缠。你说过你的父母这大半生，从未吵过，他们待你，是一如既往地宠溺。

我说你需众人宠你，你也只得颔首承认。

我却渴望从这种生活中抽出时间用在看书与写作上。

人说，野心会成就一个人，也会伤害一个人。我在写作上虚妄的野心，竟使我日渐忽略了你。

你开始不知该如何生活。一段时间之后，你不再去上课，不再愿意做饭。你开始不厌其烦地看娱乐节目，又玩起一些网上的扑克游戏来。

我们的生活陷入泥淖。

话说得少了，再也没有初相识时舒心的彼此交流。

不谈诗书，柴米油盐也几近废弃。

我们为了很多细节争吵。

开始冷战，我俩又都骄傲，谁也不愿低头。

有一次我们说，若是能回到初相见初相知时，该多好？

可谁都知已经回不去了。时间裹着我们默默往前，无可奈何。

有一次，吵了一小架，你负气而出，我在学校找到你。

你问，难道就真没有一种感情是永远舒适的吗？

我答说感情中总会有磕磕碰碰，争吵矛盾都是存在的，我们要一起挺下去，度过这个阶段。

你却不信，你说感情应是完美至极的，就像你追求的一切，从来只能是极致。

## 5

你任性地搬出了我们的家。

我以为我们只是试着换一种方式生活。我以为我们可以冷静下来，思考一切的根源，然后会意识到彼此在对方生命中的重要。

但你却不这样认为。

你像第一次离开这里时一样，近乎消失。

我给你的任何信息你都不回，我渴望的见面谈心你亦不理。

你何以热到如此，又冷到如此，令我心惊。

后来你终于来电话，我们约在江边见面。

我问你为何要消失，何以如此决绝？你亦不做任何解释。负气的我，竟说出了分手的话语。

我们分别，我回头看你，你已经拦下了一辆出租车。你钻进车里，关上车门。

未曾想，此一别，竟是永别！

我因说了分手而陷入无限懊恼之中，千百次渴望给你道歉，拿起手机，但心里又高傲起来，发誓不主动联系你。我等待着你，哪怕你有任何的暗示，我都会立刻去到你的身边。

然而什么也没有。思念日长，痛苦日长。我变得孤僻，又常常想哭。有一晚失眠到凌晨三点，心剧痛，终于还是拿起了电话，拨过去，却已经被你设置为限制通话，然后查看微信、QQ，竟都已被你拉黑。

我的心一下沉入冰底。一晚没睡，到了凌晨仍是不认输地发了短信。上午收到你的短信，你竟然告诉我你现在恋爱了，过得很幸福，希望我不要打扰。

我看着短信就哭起来。

这怎么可以？这怎么能是真的？你何以如此快地爱上另外一个人？又何以能在别人的怀抱中安睡？

决绝如你，我才知我从未真正了解过你！你如谜般地出现在我的生活里，又如谜般消失。

可是，到底哪一些是真？哪一些又是假？

一个人躲在家中，抽无数烟，喝无数酒，终于被朋友知道。朋友怕我心情不好，邀请我住到他家，我不答应，他就趁我酒醉背着我去了。

朋友专门请假，陪我抽烟喝酒，又常弹吉他唱歌。他们偶尔开车去郊外烧烤，或是放风筝，亦带着我。

我却像个活死人一样生活在他们中间。

佳人永失矣，人间何恋？

## 6

**博尔赫斯写道：“我用什么才能留住你？/我给你瘦落的街道、绝望的日落、破败郊区的月亮。/我给你一个久久望着孤月人的悲哀。”**

我却不知该如何留住你。

我曾经以为艺术和自由是我生命中最重要的事，但直到失去你之后才明白，你，以及我对你的爱才最重要。

然而你不知道的是，你带走了我所有的爱，从此我就再也不能去爱别人。

城市里，处处都是你。

每一次搭乘905路公交车，都会路过升华学生公寓门口。每次到了那里，都涌出一种冲动，要跳下去，去寻你找你。

可是哪里会找得到？我竟然连你住在哪一栋楼哪一间寝室都不知道。

可是又不甘心，就在你的学校里散步，走到阳光照下来，自己眼泪流出来。

也到这时我才知，这样一份感情中，居于主导位置的一直是你。

来是你，去是你。爱是你，散是你。

我困在和你的回忆里不能自拔。

每一条街道，每一棵树，每一盏灯，都有你的影。

每一个雾蒙蒙的凌晨，每一个贪睡的午后，每一个寂静的暗夜，都渴望你的身影。

可是，你已经消失。留给我的，是无尽的追忆、悔恨、疑惑、痛苦。

一切，难道真的只是一场梦？

五个多月之后，我终于决定选择一座没有你的城市去生活。

整理行李时发现，你复习时买的资料和书还在，你买的情侣睡衣和情侣拖鞋还在，被子还在，枕头也在，是决明子的。买的时候你说写作消耗脑力，决明子对大脑有好处。日记本也在，上面写满了我要对你说的话。

这些，我都带到了北京。

朋友看到我的床上还放着双人枕，不禁笑我。

他们走后，我一个人痛哭。

我开始反思自己对你的不好，开始痛骂自己，开始觉察到我对你的伤害一定是更大更深的，我却无以弥补。你选择了相信我，相信爱情的完美，我却回你人性和爱情中可悲的一面。

我开始一个人读《圣经》。

有一天，我读到这样的句子："时令催人，你为何不抢时去耕作，而在此席地而哭？"

我一下子惊醒过来。

我仍是要努力去生活的，我仍是要去爱的。

我仍是要活在阳光底下，像青草一样呼吸的。

只是，总会在某些时刻，想起你来。

马尔克斯写《百年孤独》，写到上校的死亡时，忍不住痛哭一场。

我写"我仍是要去爱的"这句，也差点忍不住痛哭一场。

就好像，我终于决定要放下你。

就好像，你真的只是一场梦。

然后，就把本该孤独的人还给孤独。

把本该幸福的人还给幸福。

我曾经的爱，你在哪里？你可曾听到我对你说的话？

今天是5月20日呢。大家都说要跟喜欢的人表白，我却写了这篇文章来想你。无论你在哪里，过得怎样，我都以最大的虔诚祝你幸福。

是真的，要幸福呀！

# 我不知道你为什么离开我

居经纬

## 1

我站在周雨彤家楼下大声呼唤她的名字，手里拿着一封早已准备好的情书，一字一句地念着：

“如果有风，那一定是我在想你；

“如果有雨，那一定是我想泡你；

“……”

还没念完，我就被突如其来的“大雨”浇个“落花流水”。我抬头注视着两手叉腰的周雨彤靠在阳台栏杆上，她嚣张跋扈的眼神没让我有一丝恐惧。我看着她看得入迷，丝毫没有被刚才的“大雨”扫了兴致。周雨彤看我依旧死乞白赖地站在那儿，转身离去，紧接着又是一盆清泉自上而下流入我的心田。

水不知怎么地流入我的耳朵，我隐约听见周雨彤在楼上向我宣战：“泡你大头呀，我给你雨了，你泡给我试试……”

她是在给我暗示吗？我真不明白像周雨彤这种高高在上的女生为何喜欢用这种明目张胆的方式来暗示我。我心里乐开了花，站在那边傻笑。

周雨彤看我笑得有点神经痴呆，态度立刻好转：“喂，苏见心，你该不会被水泼傻了吧？”

我说：“你干吗这么关心我？”

周雨彤说：“懒得理你。”然后扭头走开。

那天下午，天公应景，果然下起了雨。夏天雨水的味道带着些许的怂恿，不停地敲打着我手中的情书。我看着被雨水浸染的字迹，立刻决定开始我人生新的篇章。

从那刻起，我意识到了一个重大的问题：我爱上了周雨彤。

如果说，在我表白前，我只是心甘情愿接受惩罚的无可奈何；那么从现在起，我真的是心甘情愿坠入爱河的无可奈何。

有人说我的爱河只是由周雨彤的那两盆自来水汇聚成的，也有人说周雨彤用她的两盆自来水俘获我不可一世的顽童心。不管怎样，我都要感谢这些人，因为他们就是这件事的罪魁祸首——当然，在我看来，他们是帮我实现喜欢上周雨彤这件伟大壮举的功臣，我不得不感谢他们。

## 2

周雨彤是我高中时代的传奇。她比我大一届，是我的学姐。除了那张迷倒无数学长学弟的脸蛋，周雨彤并不是一无是处，她的成绩好得出奇，但她却不是很用功的那种类型，这一点令我们匪夷所思，也增强了我们对周雨彤的好奇心。我认识周雨彤完全不能怪我拈花惹草，我并没有那个癖好，只能怪她太过招摇，名气过盛。其实也不能完全怪她，要怪只能怪那些男生——他们还没搞清楚真爱是什么就蠢蠢欲动，继而义愤填膺似的加入追求真爱的大军。

说到这儿，我不得不告诉大家一个真理：很多男生之所以能相识，完全可能是因为一个女生。因为那个女生，他们可能反目成仇，或者情同手足。

在这个大军中，就存在着两个男生，一个叫汤旭，一个叫陆子斌。他们原本都是周雨彤的苦苦追求者，但周雨彤总是以“姐姐不想姐弟恋”为由拒绝他们。或许是因为同病相怜，他们相知相惜，成了患难朋友。所谓患难见真情，周雨彤反而是成全了他俩。

在我喜欢上周雨彤的那个下午前，我跟这对患难兄弟在台球室比拼球技，被他俩残虐。我愿赌服输，骑车到周雨彤家楼下，大声呼喊她的名字，然后宣读他们给我准备好的情书。

他们俩就躲在周雨彤家楼下的死角，属于周雨彤视线的盲区，我被周雨彤“羞辱”的全过程被他们从头到尾尽收眼底。让他们意想不到的是，那天傍晚我们仨去“风沙渡”撸串，我得意扬扬地告诉他们：“我喜欢周雨彤，我要泡她。”

他俩目瞪口呆地望着我说：“苏见心，你没开玩笑吧！周雨彤不喜欢姐弟恋的，你又不是不知道。”

我放下手中的烤韭菜，义正词严地说：“我真喜欢上她了，尽管你俩折戟沉沙了，我还是要孤军奋战的。”

他俩见我被周雨彤施了迷魂药似的，不约而同开始跟我说起周雨彤的不好来：

“你又不是不知道，周雨彤她不会弹钢琴。”

“你又不是不知道，周雨彤她没有文学细胞的。”

“你又不是不知道，周雨彤绝对是个水性杨花的女生，你看她天天穿得跟个模特似的。”

……

“打住打住，从今以后你们不准说我家雨彤坏话，什么文艺细胞，什么才貌双全，统统滚一边儿去。我只要我家周雨彤，她就是标准，其他的不值一提。”我赶忙用羊肉串堵住他们的嘴。

“怎么成你家的了，苏见心，你这变得也忒快了吧。之前你不是说你不喜欢周雨彤这样的女生嘛，你不是喜欢陈心台那样的萌妹子吗？”陆子斌向来喜欢用我曾经不经意说的话来反驳我。

“第一，我不喜欢陈心台，陈心台跟贺新凉明显是一对鸳鸯嘛。第二，我是喜欢萌妹子，周雨彤也很萌呀，你们不知道她嚣张的样子有多可爱。总而言之，你们应该为我高兴才对，起码有人替你们征服星辰大海了。”我说得越来越头头是道了。

他俩见我不知悔改，也就换了话题，讨论吃完串去哪玩，我提议约周雨彤出来，遭到拒绝。我思忖良久，觉得现在叫周雨彤出来也不会有什么实质性的发展，干脆作罢。

## 3

我跟周雨彤表白的消息不胫而走，不用猜也知道肯定是他俩搞的鬼。每次我在学校看到周雨彤，我都想上前打个招呼，但是周雨彤每次见到我都是一副威慑的表情，仿佛在说：“苏见心，你最好离我远点。”

有一天，我终于等到了离周雨彤近一点的机会。学校要办个元旦晚会，除班级出演外，还可以组团报名表演节目，当然这个必须得经过审核。我花了几个晚上，写了一个舞台剧剧本，严格上来说是个音乐剧，讲述一个年轻人大学毕业后求职的种种艰辛以及在此期间发生的爱情故事。为此，我还找来一帮兄弟参演，兄弟又帮我拉来几个女生参演。万事俱备，只欠女主角。

汤旭看穿了我的心思，自告奋勇地前去邀请周雨彤，周雨彤斩钉截铁地拒绝道："男主角是谁？你让男主角自己来跟我说，估计本小姐会考虑考虑。"

汤旭把消息带到，拍了拍我肩膀，祝我一路平安。我跑去找周雨彤，软硬兼施都无济于事。我临走前扔给周雨彤一句话："周雨彤，我就是喜欢你，我就是要泡你，有本事你就演女主角呀，你是不是害怕喜欢上我！"

周雨彤并没有上当，我的激将法在她面前根本不起作用。后来，我放弃了这个话剧的排演，从此我在学校的走廊上看到周雨彤都会退避三舍。

眼见周雨彤跟我的交集越来越小，我越来越心急如焚，上课也听不进去老师讲的内容。我趴在课桌上想着有什么办法能让周雨彤对我刮目相看，或者让周雨彤一不小心就会想起我，就像我上课时一不留神就会想到她一样。

就在我一筹莫展的时候，班主任在讲台上宣布了一件事：“下周国旗下讲话轮到咱们班，主题是‘我的梦想’，大家有什么推荐的人选，或者毛遂自荐，不然，我要指定同学了。”

“老师，我来吧。我觉得我的梦想会引起大家的共鸣，我对未来的憧憬和对现在的把握都有着独特的见解。”我鬼使神差地站起来说。

“这可不是胡来的，代表着咱们班的荣誉。好，你先把演讲稿写完给我看看。”班主任好像不很情愿最先申请的那个人是我，“除了苏见心，还有谁愿意？贺新凉你不是文采挺好的吗，还有班长毛妍、学委秦学呢？”

贺新凉他们都不约而同地把这个机会让给了我，他们都以为我想在国旗下讲话只是为了在周雨彤面前出风头，进而俘获芳心。但后来发生的事完全出乎他们的意料，因为事实上远远不止如此——我的所作所为也不在我的计划之内。

那天，我在国旗下慷慨激昂地谈论我的梦想，讲述勤奋学习的重要性，以及梦想不是说出来的，而是踏踏实实一步一步走出来的。我在演讲的动情处故意停留片刻，期待得到一阵“此处应该有”的掌声，但他们好像对我的梦想并没有太大的兴趣。直到我说出了一句“我说了这么多的梦想，其实也只不过是为了娶你，周雨彤。如果上天非让我在我的梦想里选择一个，我只想要你——周雨彤。如果有风，那一定是我在想你；如果有雨，那一定是我想泡你。此时此刻，我只想说一句，让暴风雨来得更猛烈些吧。”

操场上掌声一片，微风吹拂我的脸颊，校园的柳树叶沙沙作响，好像在为我的壮举庆祝。我在众人的欢呼声中走下演讲台，等待最后的审判。

## 4

我期待的审判还没到来，另一个审判却“如约而至”。我被班主任叫到办公室狠狠地批评了一顿，教导处主任给了我一个留校察看的处分，我一下子成了学校的“名人”，而周雨彤在这时派人捎给我一张纸条。

纸条上，只有三个字：

你赢了。

我看到这三个字欣喜若狂，立即写了一张纸条让别人捎给她。我还处于留校察看的处分中，自然不敢轻举妄动。如果这时候去周雨彤班上找她，势必会给周雨彤带来更大的麻烦，因为据我所知，周雨彤也被教导处叫去谈话。但周雨彤对此事毫不知情，也是受害者，校方自然没有惩罚她。

当然，我不亲自给周雨彤传纸条的真正原因是——我还没有想好见到她说什么。我还有一个疑虑：她的“你赢了”跟我理解的意思一样吗？

于是，我在纸条上写着：“雨彤学姐，今晚晚自习下课我在学校的小花园等你，不见不散。”

那天晚自习下课后，我早早来到小花园，不停地给自己打气：“苏见心，不要紧张。江山代有才人出，各领风骚数百年。现在的江山是你的，你的地盘你做主，紧张个毛线。”

可我的心理暗示根本不起作用，心越来越不听话地蹦着，脚步来来回回地踱着。我在脑海中不停地演练接下来见到周雨彤的台词，以至于我竟然对周雨彤的到来毫无知觉。

“苏见心，你这么紧张干吗，学姐又不会吃了你。”

“学姐，现在月黑风高，你就不怕学弟把你……”

“你敢！苏见心，你表白时只会那句‘如果有风，如果有雨’吗，能不能换点别的？”

“那句不是我写的，但是‘让暴风雨来得更猛烈些吧’是我的idea。学姐，你是爱上我了吗？”

“这个嘛，我只是觉得你脸皮真够厚的。所以，为了将来不被你再次骚扰，我还是早早投降为好。”

“那雨彤女票，我先送你回家吧。”

周雨彤家离学校很远，而我就住在学校北门附近的小区。我骑着周雨彤的电动车载着周雨彤，幸福的气息开始蔓延整个校园，它们爬出栏杆，散布在整个星空下。它们攀附在霓虹灯下，飘落在花蕾中，荡漾在湖面上。那一瞬间，我才真正体会到全世界的意义。

我问周雨彤：“你知道人生中最重要的时刻是什么吗？”

周雨彤说：“你是不是想说此时此刻呀？这么老的梗你也拿来骗我！”

我只好改变台词：“我拒绝更好更圆的月亮，拒绝未知的疯狂，拒绝声色的张扬，不拒绝你。”

周雨彤第一次拥抱了我，在人生中最重要的时刻。

## 5

我跟周雨彤在一起以后，做得最多的一件事是一起去操场跑步。跑步的时间往往是晚自习前的傍晚时分，那时正值夏季，我们都喜欢夏风拂面的清爽。操场离我们高二的教学楼很近，周雨彤每天都会来我们班门口等我，然后我们一起去操场跑步。我喜欢拉着周雨彤摇摇晃晃地走路，但周雨彤不喜欢，她不喜欢在大庭广众之下秀恩爱。为此，我跟周雨彤吵过，我说："周雨彤，你是不是不情愿跟我在一起？"

周雨彤没有说话，只是静静地走着，然后回头说了一句："我怕你不懂得珍惜。"

"我哪有不珍惜，雨彤，你是我的梦想呀，现在梦想成真，我肯定倍加珍惜。"我追上周雨彤说。

周雨彤没有再说话，跟我并肩走着。

她有时也会主动牵着我的手，也会主动挎着我靠着我走路，也会突然间从我后面抱着我。但这些就像奖励一样，频率并不是很高。

周末我跟朋友打篮球的时候，她偶尔也会给我们每人买一瓶水，然后戴着耳机在那儿等我。但更多的时候，她喜欢去学校的图书室看书，她喜欢去学校旁的奶茶店跟老板娘聊天，她喜欢跟陈心台去吃学校附近小摊上卖的臭豆腐。

跟周雨彤在一起以后，我发现周雨彤并不像那些男生口中所说的那样高冷女神范儿。她有时候也会撒娇，也会告诉我一些她们班流传的趣事，也会跟我说一些老师的坏话。

当然，她有时候也会问我："你有没有想过毕业以后的我们？"

那个时候的我哪有想那么多，我以为只要在一起就会永远，根本就不知道未来有多远。

我只是说："大学我们也要在一个学校，我会加倍努力考上你去的那个大学，即使考不上，我也会去你大学所在的城市。你只要等我一年，这一年，你不准跟其他男生散步，不能跟其他男生看电影。"

## 6

而事实上，周雨彤高考三个月前就跟我提出分手，当时我在球场打球，她把我叫出来说有事跟我说。

王家卫的《重庆森林》中有句台词：**“不知道从什么时候开始，在每一个东西上面都有个日子，秋刀鱼会过期，肉酱也会过期，连保鲜纸都会过期。”**我想我跟周雨彤的爱情保质期过了，我终究是她的过客。

我没有挽留她，扭头回去接着打球，一直打到精疲力竭，一个人坐在球场上发呆。

从那以后，我会在所有的场合有意避开她，我竭尽全力将我跟她的见面率降到最低。倘若一不小心还是遇见了，我会装作不认识她的样子从她身边走过。而与此同时，我发现我的冷漠似乎正合她意。

后来，我在汤旭的口中得知她去了南京，在全省最好的大学，她依旧是个“传奇”。一年后，我来到上海，学了我不是很感兴趣的电气工程。

刚进入大学不久，汤旭打电话告诉我，周雨彤跟她们大学的一个高富帅在一起了。我用最不在乎的语气在电话里讲：“关我屁事，以后不要再跟我提她。”在我挂了汤旭电话后的一个周日的晚上，我在大学绿荫道的路灯下，对着一个涉世未深的女生说："你知道人生中最重要的时刻是什么吗？"

女生说："不知道。是什么呀？"

我说："此时此刻。"

我不想说第一次遇见你就喜欢你这么俗套的话，尽管这是个事实。

我看着女生一脸茫然的样子，胜券在握地牵着她的手继续向前走去。

大学四年，我用几乎相同的手段成功换了四任女朋友。我发现我喜欢的女生都有个共性，她们跟周雨彤的性格完全相反。她们都喜欢看我打球，不管我打到多晚她们都会陪着我；她们看到高等数学都会发愁，她们喜欢看我给她们讲题的样子；她们不会问我稀奇古怪的问题，最多也就问我最近上映的电影我喜欢看哪个。

连同她们的结局都一样，我说凤梨罐头过期了，她们知道我喜欢王家卫，自然明白我的意思。

她们会把我拉入黑名单，过段时间后会把我"释放"出来。我不会有意避开她们，如果在一些公选课上遇见，我会说一句"好巧，你也喜欢这个老师的课呀"，即使她们有可能会无视我的存在。

上海跟南京离得很近，但我大学四年没有去过一次南京，我去常州、苏州、杭州、嘉兴，偏偏不去南京。汤旭和陆子斌都在南京念大学，而且他俩的学校是邻居，他俩每年都会来上海找我去看外滩夜景，还总劝我去南京，去南京大屠杀纪念馆，去中山陵。我说："不吉利，不吉利，不去，不去。"

大四那一年，周围的同学们都在忙着考研，或者找单位实习，而我却给自己放了个悠长的假期。我去了四川、重庆、云南、贵州，去了厦门、深圳、香港、澳门，最后我去了南京。

我在南京没有遇见周雨彤。后来我才知道周雨彤大学毕业后并没有留在南京，而是去了上海。

## 7

在我大学毕业前的第三个月，我拨通了周雨彤的手机号码。

当时她在上海的一家广告公司工作，成天忙着应付客户各种无理的要求。我给周雨彤打电话时，她正在总监的办公室汇

周雨彤说："因为没有意义呀。我不会执意追求那些所谓的浪漫。苏见心，有时候我觉得你是懂我的，但很多时候我觉得你是不懂我的。真的，你真的不够懂我。"

## 8

周雨彤说我不够懂她，我说我会花时间去懂，可她却没有给我足够的时间让我去懂。

在我毕业前，周雨彤再次跟我分手。

只是这次跟上次不同的是，她没有去南京，也没有在我的世界消失。

分手的那天晚上，我还在学校图书馆修改毕业论文，她跑来找我，说有事跟我说。

她临走前抱着我说："在所有人事已非的景色里，我最喜欢你，但现在已经物是人非了。"

我还是不明白。

或许我还是不想明白。

倘若在此之前，别人告诉我，她曾经也在球场外静静看着她男友打球，她大学并没有谈过恋爱，她一直希望她前男友能去南京找她，她曾经跟大学闺蜜谈论着她高中的那个小男友，就连她来到上海也是为了跟她前男友重逢，我一定不会让她离开。

但我才是反应最迟钝的那个人，直到她对我心灰意冷的时候，我都不知道。不是每一个故事都有个完美的结局，也不是所有的亡羊补牢都为时不晚。

在我跟周雨彤恋爱的那些日子里，我跟她就好像两辆背道而驰的车，她在追逐她的世界的同时，想方设法拉着我的马车，而我却贪图一路的花草风景，恨不得一下子把青春吞进肚子里，等到将来慢慢消化。

她在一个无比幼稚的学弟面前，想不出任何行之有效的措施，所以她只能离开，也许离开了，学弟就会醒悟过来。离开总是会带着一些催人奋进的历史意义，但无可避免的是，离开本身是一件让人失去理智的事，何况她的学弟一向没有理智。

“你不知道我为什么离开你。”

这是周雨彤跟我分手那天发的微博。

我现在知道了，是不是已经来不及了？

我想起高中，我跟周雨彤看的唯一那场电影。

影片结束后，我俩走在路上，她突然对我说：“倘若我在影片过后没有尽兴，或者不想回家，那么我会去附近的肯德基买份脆皮甜筒，我会倚栏看马路上依然沸腾的川流不息，看着远处的灯光在对焦中变成一排小圆圈。你骂我吧，我知道你喜欢神经病。”

**你缺席的岁月里，等待便成了我生活的重心。**

神经病，你还好吗？

不管怎样，我希望你好好的。你知道的，我嫉妒每一个我不在你身边的日子。

# 最爱的人，往往不能共度余生

老丑

某次心理辅导讲座，众多女士在场，二十来人，各式装扮，各种年龄。

我赶到的时候，前面已经讲了不少，便悄悄坐在后排，边旁听边记录。只是不巧，我到了没多久，讲座用的PPT就崩掉了。

主讲人五六十岁，经验老到。见PPT点不动，他也没乱点一通，只把电脑放在一边：“搞不定老婆，也搞不定电脑，像我这样的男人，可真是太失败了。我是反面教材，各位别学我。”

趁台下哄堂大笑，他已偷偷暗示助理上来，把笔记本取下，修理故障。

看来助理也不是技术帝，捣鼓了十来分钟，电脑也没弄好。情急之下，主讲人只好变换主题，由心理辅导变成心理咨询，邀请现场女士，谈谈自己的爱情或婚姻。

开始没人主动说，最后主讲人只好引导：“故事不美，不丢脸。主动分享其实就已经表示，你可以勇敢地面对它了，对吧？”

主讲人诱导，也没人乐意说。他扫视下听众的举动，接着说：“要没人举手，我就自个儿叫了，实在不想说就示意下，我再叫下一位。呃……那……第三列第四排的这位女士。”

从背影看，此女三十岁上下，被叫起来的时候她正埋着头，似乎在躲避主讲人的目光。在周围人轻声提醒之后，她才意识到自己被点名了，愣了一下，然后小声说：“我能坐着说吗？”

“能。怎么舒服怎么说。”

"我不爱他！"第一句话，她直截了当。

等周围议论平息，她显得有些激动："我结过两次婚，离了一次，女儿六岁了，明年上小学。"简单一句话，把自己的状况阐述得一清二楚。

主讲人顺着她女儿的话题往下问，似乎有意平复她的情绪："有一个女儿，她很值得你骄傲是吗？"

"是啊，她非常聪明，一直跟我一起生活。"

"那孩子是你……"

"是我跟我前夫的。当时爱得天昏地暗，不过后来，他还是抛弃了我。"说到这里，她语气变得低沉，"不过女儿，是离婚以后我才生下来的。"

听到这里，每个人都很安静，主讲人没有打断，让她继续说。

原来，当初二十几岁的她，姿色出众，天性不羁。

刚进工厂不久，她就喜欢上了自己的领导，明知道对方已婚，却偏偏刹不住车，结果越陷越深，爱得天昏地暗。

为了让自己转正，她开始想方设法逼对方离婚。

当时社会已经提倡自由恋爱，但也没那么开放，要知道自已有了情人，家人、朋友肯定饶不了他，所以男的死活不同意。

她要挟他，说要是不离婚，就把两人的事儿宣扬出去。

男的也害怕，一直说在想办法，不要逼他。

那个时候，她看清了一个男人的恐惧。任何的无理要求，对方都会答应，只是先离婚再结婚的事情，他一拖再拖。

于是她骗他，说自己经常呕吐，可能已经怀了他的骨肉，再拖下去，恐怕整个单位的同事都会知道。

无奈之下，男的当晚发了一场邪火，把妻子赶出家门，说要离婚。

过了半个月，他和妻子办了离婚手续。又过了半个月，他就娶了她。

婚礼当晚，她俩躺在婚床上闲聊，男人问她孩子几个月了。

沉默片刻后，她告诉他，她没怀孕，一切都是谎话。

男人无言。如此刺耳的理由，他不敢相信，或者说他连发火的力气都没了。

等第二天醒来，她已经躺在了医院里，蒙眬中睁开眼睛，发现周围有医生也有民警。

彻底清醒后，民警告诉她，她和丈夫都是煤气中毒，丈夫抢救无效，当场就停止了心跳。

一时间，她难掩悲伤，趴在病床上大哭。随后医生走过来，劝她别哭，然后又说她命大，应该好好生活下去，为了自己也为了宝宝。

她愣住了，抓住医生问哪来的宝宝。

医生笑了，说："当然是你和你丈夫的了，只不过才刚怀两周，妊娠反应不怎么明显。"

她也笑了，笑世事弄人。

哭过笑过，一时间，她也清楚了谎言的代价。

"一个善良的女人，和一个狠毒的女人，在爱面前，是可以相通的。"这是她陈述中最戳心的一句话。

后来，她知道煤气泄漏并非偶然，而是男人对彼此的失望和惩罚。此后，她开始把所有的过错都揽在自己身上，决定把孩子生下来，看孩子长大成人。

可她当时，是那么年轻。在孩子出生两个月的时候，家里给她说媒，把她许配给了她父亲某个朋友的儿子。

父母当然不能坑孩子，选了十几个，只有这家人条件最好，而且对方也是大专毕业，长相各方面都说得过去。最主要的是，这男的从小总去她家玩，一直对她有点儿意思，虽然她还有孩子，但他根本不嫌弃。

再三考虑后，她同意了，却不是因为综上种种理由，而是她一直担心，等孩子大了，知道自己没爸爸，会伤心，被其他孩子欺负。

半推半就，两人顺利领证，五年多时间，也把孩子抚养大了。

男人对她，自然是宠爱有加，可她却说，自己一直没有真正喜欢过他。

“我一直忘不掉前夫，擦不掉医院里的那段记忆。女儿叫白杨，随他姓白，但名里的‘杨’却是前夫的‘杨’。”

“这个名字，他当时同意吗？”

“我没骗他，不敢再骗了。当时我就这么跟他说，他就同意了。”她没迟疑，直言不讳，“这几年来，我的任何决定，他都没反对过，甚至我每年都给前夫扫墓，他也陪我一起去。他对我好，对我太好了，好得我想躲避。”

话音刚落，主讲人接着问：“为什么想躲避？”

“我觉得自己不配。我心里还装着另外一个人，他心里明明清楚，而且，而且我曾经那样恶毒，差点儿把自己的女儿害死……不值得，不值得。”说到第二个“不值得”的时候，她哭了，边哭边用被揉得半碎的纸巾擦着眼角。

“你不值得，还是他不值得？”

“我不值得被爱，他不值得爱我。”

“可既然知道，为什么还要跟他在一起呢？你可以缅怀，可以留恋，但不可以让爱着你的人，跟你一起不快乐……”把她推到悬崖边缘后，主讲人开始帮她冷静思考。

主讲人之后的几句话意思相近，我都记不太清了，只最后一句，印象深刻。他说：“不论怎样，你终究还是要弄清楚，自己到底要和哪个人过完一生。”

老实说，有时候连我们自己都不相信，一个人，一辈子，只爱一个人。

但我肯定，总有那么一段岁月，你会碰见一个你想用一辈子去爱的那个人。

后面有一位讲述者，一开始就不是自由恋爱。仅仅因为父亲将死，家里迷信说要冲喜，她必须硬着头皮，嫁给了村里的某个人。

婚礼自然没能挽救父亲的生命，她很伤心，葬好父亲就离开了家，和青梅竹马的远房表哥私奔到了城里。

一段艰辛的日子过后，两个人的日子好了，表哥的心却坏了，轻则冷落她，重则扇她耳光、摔砸家具、赶她出门。

即便这样，她还一直追随着他，不肯放弃。

直到有一天，就在她被对方骂得满心疲惫以后，她在街角邂逅了一个男人。

她并不爱他，也不清楚对方是否爱自己。只是他对自己很好，不计后果，就像当初她对表哥一样。

然后，她曾丢失的宠爱，再次出现。只是她仍不确定，到底该继续跟着表哥，还是放弃他重新选择。

选择哪个人，旁观者最清楚不过。最爱的那个人，往往不能共度余生。

讲座接近尾声，主讲人问台下的人："怎么知道你身边的这个人，愿意陪你共度余生？"

台下沸腾一片，有人说"至少可以当着众人对自己说'我爱你'"，有人说"给自己买钻戒、主动跪下来求婚"，有人说"有一块钱给自己花九毛，有一百不会只花九十"，反正听起来极浪漫。

主讲人打断议论，说："你们讲的这些，分明是在找激情，而不是找爱情。"

台下一片哗然，不知缘由。

"所有的这些，全部是昙花一现的要求，支撑不了永恒。"主讲人接着讲，"或许它们可以保证，他在某段时间爱你，但无法说明，他可以许你余生。"

但没有人可以阻止荷尔蒙的暴动，昙花绽放，只能跟随花香，极尽风流。

等昙花凋谢，风流却成惯性。为了留住那一现的昙花，我们仍旧奋不顾身，哪怕拼尽全力也在所不惜。

假如你让我给你找一个借口，我会说，你并非想要留住一个男人，只想要留住你的爱，以及你爱的那段岁月。

只是这段岁月过去后，你终究还是要弄懂：我是选择一个最爱的人，还是选择愿意同自己共度余生的人？

# 第 4 章

## 只愿你们好好在一起

# 逃爱情就像逃命

苏先生

2006年，我逃到北京，被命运追杀，结束了一段稀里哗啦的爱情，爱得心碎。

2007年，静默一年后，亲朋好友开始追查我。知道我在北京的就三个人。QQ关了一年后，我重新登录，发现很多人给我留言，问我是否还活着的，继续站在我初恋那边骂我的，继续站在我这边骂她的都有。

其中还有我初恋的留言："对不起。"

我当时也不知道啥意思，对不起的意思是就这么分了呗。

我可没那么死皮赖脸，但是我心里真是想和她浪迹天涯，我说："没事，你怎么爽快怎么来，只要你过得幸福。"因为我太喜欢她了，只要她觉得有点负担，我就觉得在这段感情中我就牺牲一把吧，反正觉得她不是那么喜欢我。那时候的感觉，至少从她所有的表现来看，确实是这样。

在我被初恋单方面解约后，我终于可以把那半个心切除了，但是心已然不太完整了。

想想那时候所有的豪言壮语，其实在后来看上去都傻得像个冷笑话。

再后来，每年春节，会收到她群发的一个短信。我不论在外面还是在家中，都会打开看一分钟，想想这段感情，怎么那么糊里糊涂。至少你知道她还留着你的联系方式。

我觉得我成了她心中的"好人"，没伤害过她，没睡过她，没纠缠她，没号啕大哭难为她，没犯浑闹她。但是在我心里我成了个呆子，其实这些我都想干一遍，至少让她知道我想对她干这些事情。

没想清楚前，不找她。将近十年时间，她给我的QQ动态点赞，我给她的QQ动态点赞，但再也没有直接说过话。

然后就越来越不敢找她了，看她的婚纱照，看她的新房装修，看她老公长得那么帅，看她变成一孩子她妈。

2007年开始，我有点累，就看书，看书，看书，通过看书忘记一切。那时候买了500多本盗版书，想静静待几年，没办手机号，在QQ上留了个宿舍电话，第一个打的是狗子，第二个是沙司。

狗子打来电话是这么说的："在警校，天天挨揍，想逃，回去再读高三，但是高三那层楼太他妈伤感了，能看到沙司的背影，能看到你的惆怅。记忆太多，不敢回去，比在警校苦练还恐惧。"

我说："好好练，出来给我当保镖。"

狗子说："我和沙司分了。"

"为啥？"

"她让我和她一起上师范，我靠，我可不想一辈子窝在家里，天天打小孩。"

"沙司现在在哪里。"

"也在金城。"

"那挺好呀，你俩还在一起。"

“我第一志愿是商学院，脱档了，伤了沙司的心。”

“这事大了。”

一年内他们都没联系。

三个月后，舍友说有个编辑找我，说下午四点打电话来，一定要接，很重要的事情。

四点的时候，一个女的，说自己是《萌芽》杂志的编辑。我一听就听出来了，是沙司，我说沙司咱不闹，电话费这么贵。

她说：“你就不能陪我演一会儿啊，我就是想去那个杂志当编辑呢。”

“你现在在啥学校呀？”

“说好的呀，西北大学中文系。”

“哦哦，那你为啥不联系狗子？”

电话那边哇哇大哭，说爱情都是骗人的，她每天都不敢睡觉，睡醒了就伤心，睡醒后的伤感激素太大，男人为什么都不按照说的做。

“狗子考商学院是为了以后挣大钱，养你啊。”

“谁要她养，我要的是他的心。”

“因为这点小事不至于吧，毕业了还能在一起。”

“我就是想要个在我身边的男人。”

“那哪里找去？”

“可是武进举就来了呀。”

“你脑子糊掉了？和武进举在一起，我就不认你。”

“狗子有什么好，就你们这些哥们儿把他当宝。”

“狗屁，谁为了帮你洗清冤屈带着我们去打架的？”

电话那边继续哇哇大哭。

三年后，沙司在西安一杂志社干了编辑。狗子回我们老家做了一个天天在山上堵外地车罚款的交警。

两人再无交集，我们都各归天涯。

高三的恐惧使我们再也不想回头。沙司的双胞胎妹妹沙锅和我们不在一个班，沙锅比较好玩，但是她喜欢我们班一个男生，天天跑来我们班混。沙司和沙锅长得像，说话声音却差很远，一个像清泉，一个像铜锣。

2014年，班级的QQ群里有人发结婚照，不知道是沙司的还是沙锅的。我们都问：“这到底谁呀？反正男的不认识。”

沙锅说是她。

“那这男的谁啊，男的没见过啊。”

“男的就是武鸣啊。”

“武鸣是哪位啊？”

“武鸣就是咱们年级最不起眼的那个男生啊。”

“天打五雷轰好了，这到底什么款型？”

沙锅说就是那次学校音乐会站在高海东旁边给他摇了三十分钟沙锤那男的。

静默一百年，无人说话。

高海东出来打破平静，骂婊子。

沙锅说你才婊子呢，贱男人。

这俩二×为什么不退群，班长能不能把他俩踢了。

高海东别看嘴上骂得凶，其实内心深处早哭成大海了，高考选专业那时候高海东就不想念书了，想搞音乐去，沙锅劝他当个爱好，玩音乐以后孩子都没人养，再说咱们也不是那块料子。

高海东第二天出走远方。

武鸣就出现在沙锅的生命里了。

高海东在那次音乐会上敲了半个小时架子鼓，头差点摇掉。为了出风头，花钱雇武鸣摇沙锤。其他人没人愿意去做那个陪衬，只有武鸣。武鸣喜欢沙锅，沙锅只要多看一眼高海东，就能多看一眼武鸣。

2015年，我初恋晒照片，带着她男人去我们高中拍照片，我心里可唾弃了呢。

心里想啊，别让我碰上，碰上了我一定抱大腿往死里撸，然后吓死他们。

高海东后来在老家开了一个琴行，教小妹妹们玩吉他。我回家是就把他还有狗子叫一起，不喝酒只在二郎山上坐着。

问："还回去，还怎么搞？"

"还回去的话，什么都不重要，重要的还是那个人呀。"

哦，我初恋叫木木，木头的木，木棉花的木。

长头发，大屁股，学习不好，喜欢迟到，最擅长陪我抄作业，不喜欢看我写的情诗，一般都转给她同桌看，以至于她同桌到现在还想有机会找个会写诗的男人睡一下。

**要说爱过吧，我们都爱过；要说伤过吧，也有；要说死过吧，过分了点，但是也尝过。**

# 我和你的爱情，隔着一个人的距离

沈十六

“再没有一个人，让我看到她微笑会轻扬唇角，看到她皱眉欲以身代。”这句话是沈言爵写给我的，曾经看着他冷静淡漠的脸，我会报以同样的薄凉冷漠。只是，每次想起这句话，我的心里就会涌出一股暖意。

## 1

沈言爵，是我的一个朋友，确切地说是一个网友。

第一次见他那天，我翻箱倒柜地找出一件像样的黑色长裙，把凌乱的长发整理妥帖。镜子里我咧嘴一笑，苍白瘦削的脸，有些病态的狰狞。我拍拍脸，拿起桌角的口红涂在没有血色的唇上。又是咧嘴一笑，有些像吸血鬼凯瑟琳。

下午四点，阳光透过玻璃洒在我的手心里，坐在咖啡店的角落里，随手翻着桌上的杂志，里面正巧有一篇我之前写的文章，我看着那些矫情的句子，自嘲地笑了一下。沈言爵就是这时候走过来的，他比照片上更漂亮，是的，漂亮。因为在网上聊得来，我曾偷偷让一个论坛上认识的黑客破译过沈言爵的相册密码，里面多半是他旅行时的照片，他穿着白色衬衣站在风景如画的地方，唇角带笑，眼神清澈，温暖得一塌糊涂。

原本我猜他是个旅行杂志社的记者，不然谁会一年里大半的时间花费在路上。当然，在他说到他有家旅行社的时候我坦然地在心里说，我错了。

他说话的声音温柔，讲到旅途中快乐的事情，他的眉毛会兴奋得微微上翘。我窝在沙发上安静地听他讲话，每一句话每一个字，我都不忍错过。直到听他讲香格里拉，我把手藏在背后，手握拳，指甲狠狠地刺痛手心。

他讲到其他的地方，我才换了姿势，靠在深紫色的沙发背上点燃一支万宝路，转脸问沈言爵要不要。他摇头，说："林凉你少抽点。"我笑着说："不要。"

灰白色的烟雾开始模糊对面，那一瞬，我恍然以为坐在对面的是段临风。他也喜欢穿白色的衣衫，仪态优雅，瘦削冷峻的脸，在幽暗的光影里，一半阴暗，一半明晰。

良久，沈言爵说："我送你回去吧。明天我还有事，需要早点回去。"我低头看手机，已经晚上十点。走出咖啡店，沈言爵把车开过来，说："林凉，对不起，我有急事，你能不能自己回去？"

我俯下身趴在车窗上，笑着说："沈大公子你就先走吧。我又不是小孩子，可以自己回家。"看着他的车消失在街角，我才摇晃着坐在街角，抬起头，昏黄的街灯在头顶，天空开始飘落零星的雨滴。我脱掉高跟鞋，赤脚走起。

冰凉的触感让我想起段临风和我分手那天，他说："林凉你太决绝、太任性，我一直以为你会为了我改变，可是，现在我知道我错了，你永远只为自己而活。你割腕的时候永远不会顾及我的感受，你永远没有考虑过那些真正在意你关心你的人。林凉，我们分手吧。”

我一直以为，我没有做错什么，所以在我用自杀又逼走了一个纠缠段临风的女孩之后，我还沾沾自喜地以为，我会一直拥有他，我们会一直在一起。

月光固执地停留在天上，我看着段临风认真的眼神，我知道我被抛弃了。时间哑然失笑。可我还是仰着脸说：“段临风，你敢不敢最后一次陪我旅行，我想去一个地方。”

旅行的路上，段临风对我一如既往。在香格里拉的一个路边小摊，我要了两份牛肉面，老板把面端上来的时候，我才想起没有提醒老板不要放香菜。段临风把面端过去，一根一根地把我碗里的香菜挑出来，夹到自己的碗里。他像以前一样，说：“凉小妞，你能不能学会照顾自己。你这样让我怎么放心离开你。”

一句话，让我原本雀跃的心低沉到极点。我立刻低下头，眼泪止不住地滴进碗里。热气蒸得我难受，可我不想让段临风看到我狼狈的样子。

我一直以为，段临风的分手只是说说而已，他只是想让我承认错误，他不会真的和我分手。旅行的路上我还坚持这么认为，他不过是在装酷，只要我说我错了，他就会回心转意。只是，此刻，我只能强装镇静，独自迟钝地接受他给我的分手旅行。

我悄悄擦掉眼泪，抬起头对老板说："来两瓶'燕京'。"段临风盯着我的眼睛，正了正色，很温柔地说："林凉，我说过了，女孩子在外面不能喝酒，就算是和我一起也不可以。"

我一股委屈涌上胸口，鼻腔酸疼，死撑着说："段临风你现在不是我男朋友了，凭什么管我。再说我只是在外面旅行很高兴，喝点酒尽兴而已，关你什么事。"

我看到段临风眼里闪过失望，那一瞬，我的心被他的情绪手起刀落，砍作两半，狠狠砸落。

## 2

我知道沈言爵一定会为上次的事情道歉，所以当他再次约我吃饭的时候，我说："沈大少爷，鉴于你有把妙龄少女丢落街头的前科，我决定把约会地点定在我家。"

沈言爵衣冠楚楚，按响门铃，我穿着拖鞋和白色绸质睡衣打开门，请他进来。他神色微诧，笑着说：“林凉，我第一次见穿着睡衣接待客人的主人。”我低头看着脚趾上有些脱落的黑色指甲油不置可否，然后蜷缩在沙发背上抽烟。他有些尴尬地说：“林凉，我们不是吃饭吗？”

我转过身，双脚放在沙发上，对他说：“你会不会做饭？反正我不会。”他苦笑，把手里的花找个花瓶插上，转身去厨房，一脸无奈地说：“林凉，我真的不知道你是怎么被定义成女生的，你的冰箱里竟然只有啤酒和矿泉水。”

然后他拿起沙发上那件黑色外套扔在我身上，牵起我的手，就朝外走。那一瞬我有些唾弃自己的想法，竟然会以为沈言爵会做饭，他做得最多的应该是牵着女生的手开着车去某个有名的餐厅。所以当沈言爵带着我从超市逛了一大圈，回到我自己家门口的时候，我心里还是震惊得像刮过台风的上海，闷骚地想遮掩被袭击后的失态。

很多人都说会做饭的男人最性感，的确。

他用刀熟练地切割着砧板上的牛排，我倚在厨房的门上，看到他左手食指戴着蒂凡尼最新款的戒指，我右手蓦地一紧，手里的万宝路被拦腰截断，手指被凋落的烟灰烫得生疼，眼睛也涩到泛疼。

那款戒指曾经是段临风许诺戴在我手上的结婚戒指，那时我和他手挽手，一次次地路过蒂凡尼漂亮的橱窗，透过玻璃，看着它晶莹骄傲地陈列在圣洁的灯光下，笑着出神。

我蹲下，紧紧地抱住自己。沈言爵看到我，眉头微皱，缓步走向我，然后蹲下来，看着我沉默不语。

我仰起泪流满面的脸，说："沈言爵，我饿了。你能不能把饭做好。"他有些好笑地看着我，轻轻揉我的头发，说："林凉，我要怎么做你才不会哭？这已经是我第二次看到你哭了。"

餐桌上，菜已经摆好。沈言爵已经细心地把戒指摘掉，牵起我的手，坐在餐桌上。我看着精致丰盛的午餐，不敢置信。那顿饭，让我转变了对沈言爵的很多看法。比如，他可以温柔得像居家男人一样照顾一个伤心失意的女人。

有人说，年轻的我们会拼尽全力爱上一个人，哪怕爱得辛苦、爱得很累也绝不轻易放手，以为只要和那个人在一起，就算和全世界作对，自己也是最幸福的人。只是最后受伤了才知道，那个人并不是最后和自己在一起的人。

我爱段临风，爱得无以复加，爱得排山倒海，一腔孤勇地站在最靠近他的地方最后独自成殇。

段临风是我大学时候的同学，玉树临风，多才多艺。那时我并不爱说话，做得最多的事情是背着包去图书馆看书，小时候父母的离异让我有一种天然的孤单，我习惯了独来独往。整个大一，段临风用尽各种温暖的方式向我表白。

大二开学，他在车站接我的时候，我成了他的女朋友。

孤独让我丢失了对世界的安全感，段临风一开始对我的形影不离赞不绝口，聚会的时候总会在朋友面前揽着我瘦削的肩膀说："凉小妞最离不开的就是我，你看，她现在最依赖的就是我。"只是，慢慢地他开始有些不耐烦。

我也知道我很过分，所以我克制住自己不去霸占他所有的时间。直到我听说他和同系的一个才女频频约会，我愤然跑到段临风的面前，质问他站在他身后的那个女孩是谁？我算什么？

等不得段临风解释，我抓起旁边桌子上的酒瓶，朝着桌子砸下去。白皙的右手紧紧地攥着酒瓶破裂的瓶颈，对着左手手腕。

我歇斯底里地喊道："段临风，我不管你是不是喜欢她，我只问你还爱不爱我？"

他神色担忧地看着我，眼里有浓重的情绪，让我原本看到他们约会时疼痛欲裂的心，渐渐平复。

旁边的女生看到我手腕被酒瓶划破的伤口已经吓哭了，她一直躲在段临风的身后，瑟缩着身体，默默地说对不起。

我心里迸发出一个疯狂的嗜血的念头：如果我受伤了，如果我死了，他们就会内疚，他们就不会在一起。那一瞬，玻璃划破我苍白的肌肤，猩红的血液流出，我嘴角带笑。

段临风一把夺过我手里的酒瓶，把我拦腰抱起，对着身后的女孩大吼："叫救护车！"那天我看着爱情和我紧紧相依，我以为这就是我守护爱情的方式。所以，只要有女生接近段临风，我就会试图自杀。

**只要他在我身边，我就觉得我拥有所有。**只是，我忘记了我很早就懂得的道理，强求的总会失去。

## 3

我对沈言爵说：“你总是让我想起一个人，他害得我不像原来的我，而你害得我不像现在的我。”

沈言爵把花放在我的桌子上，说：“你并不是不像你，而是你还没有爱上我。”

我瞪他，他装作没看见。

我转身说我要休息，让他回家。沈言爵像没有听见一样，悠闲地坐在咖啡色的沙发上，翻着我以前的书稿，然后抬起头对我说：“林凉，不认识你的人只看你的文字，一定会以为你是个温婉得像棉花糖一样的女人。”

他性感的下巴微微抬起，翻动书页的手指让我有些既好气又好笑，明明是讽刺我的话，却说得舒适到理所当然。

我知道在沈言爵面前我总是没有办法理直气壮，因为他坦荡荡地说：“林凉，我喜欢你，我想照顾你。”听到这些话，我总是笑脸以对，然后很端庄地坐好，说：“沈大公子，我心里有人，可惜不是你。”

他总是眼神坚定、声音温暖地回复：“林凉，我会等。”

在现实里和沈言爵认识第一百天的时候，我拉着他陪我逛街买礼物，奖励自己可以承受这厮的打击一百天。

他无奈地看着我，说："林凉，那我是不是也应该送你一份礼物以示鼓励。"

如果我知道命运总是像开玩笑一样对我狠狠一击的话，我宁愿直接死掉，也不愿意牵着沈言爵的手，看到段临风在我的小区门口，卓然而立。

他眼角眉梢带着我熟悉的气息，他未曾开口，我就知道我已经溃不成军。那一刻，只要段临风走过来说一句"凉小妞"，我一定会直接扑在他的身上。

只是，我从来都不懂，男人的自尊有时候比爱情的守候更坚硬，我也从来没体会过，误会会被时间无限拉长成永恒。于是，我坚持不哭，再一次和他擦肩而过。还未走远，就听见一个清脆的女声亲昵地说："临风，你来了多久了，不是说好七点半吗，你怎么这么早？"

而后他们相携离去。

段临风看着前面在路边摊上挑选小饰品的女生淡淡一笑，转身对着远处楼上影影绰绰的灯光，靠着路灯默默抽烟。手里的万宝路一点一点被红色火光燃着，烟头掉落在地上，段临风狠狠地踩灭，自嘲地说："这是我应得的，活该。"

打开门，我蹲下抱着自己号啕大哭，沈言爵站在旁边，安静地等着。他就像一尊优雅英俊的雕塑，用最执着最孤独的方式守护着我。

我哭累了，他才把我扶起来，说："林凉，让我照顾你。我看过你的博客，我知道刚才的那个男人就是段临风，我知道他伤害过你。我不能保证我一定会让你永远快乐，但是我愿意用最大的努力使你幸福。"

他掏出蒂凡尼的那款情侣戒指，深情地看着我。

## 4

我再次见到段临风已经是两年以后，我淡然地站在他面前，给他道歉。心如此平静，不再疼痛，不再难过。

我看着这个我曾经那样深爱的男人，此刻因为我生活得这样颓废，满脸胡子碴，衣着邋遢，眼神都有些混浊——他曾是那样意气风发的建筑师。

两年，我走过每一个我和段临风曾经去过的地方，从小桥流水走到垂烟大漠，从寒冬冰雪的北地走到四季如春的云南。每到一处，我都写一张关于曾经的字条，留在客栈，诀别过往。我拿着相机，穿梭在四季的风景里，站在我喜欢的位置，为一个人默默祈祷，风穿过发丝，荡过我戴在颈间的戒指。

那些日子我并不知道，沈言爵在我不告而别以后发了疯一样寻找我，并且运用关系一直打压段临风的事业，让他从本市最顶端的设计公司落魄到在一家很小的设计室混日子。而段临风的腿也因为一次车祸，受了伤。

当我回到这座城市，重新登录我的邮箱，一封封邮件铺天盖地地向我袭来。我从不知道沈言爵竟然是个深情的诗人，他每一句话都柔软地落在我的心上，包裹着风尘仆仆的我，直到看见“再没有一个人，让我看到她微笑会轻扬唇角，看到她皱眉欲以身代”，我的泪像决堤的洪水般开始泛滥。

我缓缓地掏出手机，拨了那个熟悉的号码，心里忐忑，直到那温暖的声音响起，我哽咽着不能说话，眼泪再一次决堤。

电话那端，有个着急的声音问我：“林凉，你在哪？你知不知道，我找了你两年。”

我轻轻地擦干眼泪，唇角带笑，说：“沈大公子，我回来了，给你带了礼物，要不要？”

很久以后，我都庆幸能够遇见沈言爵，如果没有他，我也许永远沉浸在自己给自己制造的难过里不能自拔，每天写博客用回忆温暖现实，再被冰冷的现实冻僵，如此循环往复。

我从没有问过沈言爵有没有告诉段临风，我曾有过一个他的孩子，我也曾想过生下来，只是我不会照顾自己，他和我没有缘分，最后还是夭折了。

最后的最后我把戒指还给了沈言爵，因为我知道即便我不再爱段临风，可我依然没有办法接受沈言爵。在我的心里，沈言爵永远是最温暖的模样，我知道就像一首歌唱的那样：

可是呀，只有你曾陪我在最初的地方；
只有你，才能了解我要的梦从来不大；
我们没有在一起，至少还像情侣一样；
我痛的疯的伤的在你面前，哭得最惨 ；
我知道，你也不能带我回到那个地方。

# 爱情就是从来都舍不得放弃你

叶子鱼

五一假期的时候，我们俩差点分手。当时我们坐了同一班火车从老家回北京，到了北京站，他把我丢下直接就走了。我看着他的背影，眼泪瞬间就流下来了。想着，这次恐怕就是真的走到尽头了吧。

我忽然想到《甜蜜蜜》里，孙俪对着邓超说："我能怎么办？我妈让我在你和我爸之间选一个，我能怎么办？"就是放到现在，我能怎么办？

是的，我爸妈一直不同意，他爸妈一直逼婚，五一的时候矛盾全面爆发。

和他分手的时候，我竟然出奇地平静，一个人拎着行李箱，在家门口买了吃的，回去还把我的小窝收拾了下。

但是，当时我觉得最遗憾的事情，竟然是我们俩从来没有一起出去旅行——那种朝夕相处，坐火车，去景点，晚上一起开房的旅行。

## 1

认识他的时候，我18岁。复读，他也是。那一年我的心里无关风月，却总觉得他不一样——爱情对复读的我来说，是禁忌品，但友情不是，所以我们成了蓝颜知己。

在我18岁那年，我不敢想象自己在后来会成为他的女朋友。因为，他长得丑，我看不上。

19岁，我考上了大学。有了喜欢的男孩子，不是他。他也考上了大学，同样有了喜欢的女孩子，自然也不是我。接着，我喜欢的男孩子有了女朋友，他喜欢的女孩子有了男朋友。

在19岁的尾巴，我决定和他在一起，因为他的性格魅力。

那时候我在泰安，他在武汉。我们相爱的方式，是第一时间接对方的电话。

他做得到，但是对大大咧咧的我来说，却很难。好多时候，舍友追着我说："姐夫打电话找你。"我是我们宿舍年纪最大的，不知道是怎样的默契，她们提到他的时候，都称姐夫。我不知道他怎么做到深得她们的意，能够把我的舍友都买通。

我们相爱的方式，是他的好朋友都认识我，我的好朋友也都知道他。我有他的好朋友的联系方式，找不到他的时候，我就联系他朋友。他也是。

我们相爱的方式，是每周给对方写一封信。那时候每周写四页的A4纸，他总说我的字写得很丑，但是他说我写信很用心。

我们相爱的方式，是假期的短暂相聚。他们学校放假早，他放假的时候，正好赶上我的考试周。所以，那时候我们相聚的时候，他大多在陪我上自习，监督我复习。

## 2

我们也经常吵架。

说是吵架，其实也是苍白的。所有的愤怒在没有见到对方影子的时候，都减半。

那时候吵架了，我就不接他电话。然后我的舍友会一个个地说："姐夫找你。"我会对着舍友"恶狠狠"地说："我要跟他分手，你们以后都不要理他了。我要找个帅哥。"

舍友说："恐怕你们分手了，姐夫比较好找，你要剩下。"

我说："他那么丑。"

舍友说："丑吗？但是脾气好啊。"

后来，有一些其他宿舍的人，看到我和他拍的大头贴，都说我俩有夫妻相。甚至后来有一次我们去逛街，店里的老板问："你们是男女朋友，还是兄妹？"

他那么丑。

是他真的丑，还是我对自己的长相太盲目自信了？

每次吵架，都像我写这段文字一样，写着写着就忘了吵架这事。

## 3

毕业后，我23岁。他在北京，我来北京。

他陪我找房子、搬家，他陪我置办需要的锅碗瓢盆。

那时候，每天下班，他都去我那里。然后坐着最后一班公交车离开。有时候，我站在阳台的窗前，看他一个人的身影，看雪花飘落在空无一人的道路上，也曾怀疑过自己的坚持值不值得。

他想留下，我不答应，所以他不强留。

后来，一切都发生得自然而然。我做决定的时候，从来没想过要和他过一辈子。但是，就算我们不能过一辈子，我也不后悔。我爱他，所以我愿意。

开始的时候，我工作的地方距离我租的房子很近，每天做好了饭等他。他吃完洗碗，陪我看看电影然后离开。

过了一段时间，我总加班，他下班接我，然后回家做饭，之后还会把碗洗了。

之后，我换了工作，公司距离他的公司很近，我们每天一起上班一起下班。他做饭，他洗碗，他洗衣服，他……

曾经和大学的一个朋友提到他的勤快，那位闺蜜说："我爱的男孩，都是很骄傲的，如果是我，我不会总让他一个人做那些。"

我听了，觉得我在抹杀他的骄傲。告诉他这些后，他笑着说："你以后勤快一点就好了。"

## 4

今年，我26岁。

六月份的时候，我去了趟泰安。室友研究生毕业，去参加她的毕业典礼。她问到我和他，我说："我们今年订婚，明年结婚。"

说到这些的时候，我自己也有点惊讶我的决定。

因为，开始的时候，我从没有想过一辈子和他在一起。但是自从和他在一起后，我从没舍得放弃。他也是。

就算我无理取闹、不可理喻，就算我异常懒惰，就算我宅得要死，就算我只爱看书写字，其他事情都提不起我的兴趣，他都愿意忍。

他买菜，问我想吃什么。他做饭，问我想吃什么口味的，清蒸还是红烧。他买衣服问我好不好看。他是电子发烧友，想买个手机，问我批不批准。

同样地，就算他没房没车，就算他赚钱不多，就算他好像有时候也不够温柔，就算他好像不太被我爸妈认可，就算他好像有时候对我朋友不够热情，我还是愿意忍。

**可是，除了陪伴，我真的不知道我曾为他付出过什么。好在，他不介意。**

端午回家的时候，我爸说："下次把小谭带来吧。"

## 5

一直以来，我都觉得我们的感情从未被我爸妈认可。所以，我和他在一起，总有种地下情的忐忑。

所以，我就一直想找个机会和他出去旅行。自然而然地收拾行李，坐火车，参观景点，然后正大光明地去开房。

今天早上和他说到这件事，他说："那就去吧。你想去哪儿？"

# 人民路情歌

远子

## 1

在中国，几乎每一座城市都有一条人民路，我们县城也不例外。

这是一座拥有一百万人口的县城，而那条人民路是县城的中心，几乎所有居民每年都至少会去上一次的商业街。县城的最高楼是一栋十三层高的政府办公大楼。如果要给人民路拍一张鸟瞰式全景照，都不需要直升机，爬上政府办公大楼的顶楼就行。

如今回想起来觉得不可思议的是，政府办公楼最上面一层居然是一家网吧。网吧经常人满为患，在等待机器空出来的时候，我习惯站在网吧的窗户边眺望人民路。城区不大，我可以看到人民路尽头的田野以及田野尽头的山峦，天际线缓慢而平整。因为没有高楼大厦，阳光和雨水得以完整地降落下来，在天晴的时候，月亮和星星也是抬头可见。

每当这个时候，对于这个世界，我的心里总是升起一种蒙胧的情绪。我感到世界很小，小到可以一眼望穿；另一方面又觉得世界很大，大到完全可以将我忽略不计。这种时刻，我总是期盼会有一个人走进我的世界，将我从这种饱满的空虚中解救出来。

## 2

我住在人民路临街的一栋四层居民楼的顶楼，这里离学校很近，是父母为了备战高考的我专门租下的。

房东住在四楼的一间次卧里，他每天早出晚归，谁也不知道他是做什么工作的。房东的女人和儿子住在三楼，女人精神不太正常，喜欢一个人披头散发地坐在楼梯间里自言自语。房东和女人每个月只有一次交流，那一天女人会上楼向房东索要生活费，而最后往往会以激烈的肢体冲突收场。

## 3

那年夏天的一个晚上，燠热得让人难以入睡。夜里一点多的时候，母亲和我卷起凉席，带了盘蚊香和一把蒲扇，打算下楼去乘会儿凉再上来睡。

楼下确实比楼上凉快多了，尤其是有车经过时，会带来一股风。半夜，我被一阵夹带着惊叫的脚步声惊醒。我支起身子，看到路过的车灯照在母亲睡眼蒙眬的脸上。我忽然想起母亲年轻时留下的一张照片：她扎着一对麻花辫子，穿着白色的衬衫，眼睛里有扑闪扑闪的光芒，那样子很难让人相信她现在会老成这个样子。

## 4

第二天，一楼“庞氏服装店”的老板娘拉住母亲说：“你知道吗？昨晚住在二楼的阿姨见鬼了，她夜里从外面打完麻将回来，看到马路上躺着一大一小两只鬼，吓得拔腿就跑。”接着，她还把脸凑到母亲耳边，小声说：“这个地方以前是一片坟场。”母亲差点笑出声来，正准备解释的时候，又听见老板娘说：“阿姨吓得中风了，今天一大早就被送到医院了。”母亲赶紧收起脸上的笑容，附和道：“哎，这地方确实有问题，楼道里好像经常有人影在晃。”这回换老板娘笑了，她说：“你说的人影是房东的女人。唉，那是个苦命的女人哪……”

老板娘有一儿一女，女儿跟我在一个学校念书。后来听她讲，她的弟弟不是父母亲生的，是她小学三年级的时候，父母不知道从哪儿抱回来的。从那以后，家人就把大部分的精力都放到了弟弟身上。对此她一直怀恨在心，她几乎不同弟弟说话，弟弟也从来不叫她姐姐，而是直呼其名。有一天她偷听到二楼的阿姨讲话，说她弟弟其实是她父亲在外面的野种。她选择了相信，这让她觉得弟弟的存在就是一个道德的污点。父母一直不理解她对弟弟的冷漠态度。

## 5

尽管我们经常在上放学路上碰到，但最初的几个月我们一直没有说话。四目相对时，我发现她的嘴唇似乎有张开的趋势，于是我也做好了发声的准备，但没人开口说话。

一天下晚自习后，我发现楼道的门又被房东的女人给反锁了，而母亲和二楼的阿姨又恰好都不在家。无论我怎么使劲敲打铁门，房东的女人就是不下来开门。到最后我已经不指望有人会来开门，只是通过敲门来发泄情绪。

“你别敲了。我家有房东电话，我刚给他打电话了，他很快就回来了。”她语速很快，好像是在背台词。

“不好意思，吵到你了。”她穿着短裤，腿白得像月光一样，我强行把自己的视线往上移，看到她的鼻尖上渗着细小的汗珠。

“哪有，”她慌忙解释道，“你手不疼吗？”

“还好，”我把敲得通红的手挽到背后，“还不知道你叫什么名字呢？”

“庞然，你呢？”

“庞然？”我笑着说，“那我叫大物。”

她的名字是庞冉，但当我喊她时，我脑海里浮现的两个字是“庞然”，这是一个隐秘的爱称。

## 6

也许我们已经相爱，但我们还太年轻，太羞涩，没有学会熟练地运用那些表达爱的技巧。所以，日子还是和往常一样。

窗外的人民路很吵，晚上虽然我一直盯着复习资料看，但经常一个字也看不进去。房间里有一台电视机，但为了省钱，没有安装有线，只能收到中央一套和县电视台。当同学们在热烈地讨论着卫视频道热播的电视剧时，我只能保持沉默。为了显得不那么格格不入，也因为自己那点可怜的自尊心，我竟会将从别人嘴里听来的剧情拿来跟另外的人讨论。然而这并不能阻止我变得越来越自卑、孤僻，后来我索性放弃了融进集体的打算。我甚至故意长时间不洗头，故意只穿校服——我的头上全是头皮屑，衣服上也全是污渍，我成功地把自己封闭起来。一旦我品尝到成功的滋味，我就越发不能自拔了，因为我觉得这是我唯一一件能做成功的事。

## 7

**我在犹豫，不知道是先讲出故事里柔软的那部分，还是残酷的那部分。**

## 8

那时我喜欢做一些特立独行的事来彰显自己的存在感。比如学校明令禁止学生上网吧，我偏要经常去网吧通宵上网。我还绘制了一张县城网吧地理分布图，每新开一家网吧，我就更新一次，被班上上网吧的同学争相传阅。

上网吧被逮着之后会被罚站。站在走廊上，听着教室里传来窸窸窣窣的声音，我觉得很孤独，就像是胸口捂着一块冰，冰一点点地化成了水，水又一寸寸地结成了冰。然而，我并不急于从这种情绪中摆脱出来，相反，待在那里面让我感觉自己很安全，仿佛孤独是一件防弹衣，能够抵御整个世界的敌意。

逢年过节的时候，我会用自己的零花钱买几包方便面，半夜跑去街上，给蜷缩在角落里的乞丐一人发一包。当我把方便面递给乞丐们时，他们都把眼睛睁得大大的，不敢相信我的好意。当他们明白我的来意后，会迅速把到手的方便面攥得紧紧的，生怕我会反悔。在那一瞬间，我感觉自己就是善良与正义的化身，我正在终结这个世界的冷漠和凄凉。

## 9

那时学校有很多帮派，其中一个头目叫王中强。月末放假的时候，他会带着他的弟兄，坐四小时的长途汽车去武汉的小学收保护费，他们事先摸好路线，在小学生路过的小巷子里堵住他们，跟他们要钱。他们每次去都换一个学校，所以从来没有被人抓住。

一天晚自习前，一个脸上有疤的同学走到我跟前说："我们老大在小树林里等你。"到了小树林后，一群人围过来你一拳我一脚地打在我身上。有人喊了一声"停"。我看到满头黄发的王中强披着外套，叼着香烟，拨开人群，走了过来。他掰开我的手掌，将叼在嘴里的香烟摁灭在我掌心里。

"以后你他妈的离庞冉远一点，听到了吗？"

我没想到居然是为了"庞然"。那时我们已经在一起了。

## 10

"你手上是怎么了？"庞然摸着我的手掌问。我们坐在县城的金沙河旁，河边一个人也没有。

"哦，这个是小时候玩火烫伤的。你知道吗？"我笑着转移了话题，“这条河连着倒水河，倒水河是汉江的支流，汉江是长江的支流，长江流向太平洋。也就是说，如果我们沿着这个湖一直向东走，我们可以一直走到太平洋去。”

“啊，我仿佛闻到了空气带着一股咸味。”庞然深吸一口气说道。她总是这么配合我。我笑着拍了拍她的脑袋。她嘟着嘴，假装生气，让我忍不住想亲她。

她一定不知道她的嘴唇有多美，因为她自己无法亲吻它。

## 11

那天回家的时候下起了大雨，我们都没有带伞。回到家我已经湿透了，晚上发起了高烧。我躺在被窝里，做着各种奇怪的梦。房子里到处漏水，我和母亲一边打着伞一边吃饭。我心里升起一股无名的怒火，拿眼睛剜着母亲的脸。我开始跟母亲冷战，而她开始养成了自言自语的习惯。她一刻不停地说着话，有时是在回忆往事，有时是在复述电视剧里的剧情。那些话就那样飘浮在房间里，像被小孩撕掉腿脚的蜻蜓一样无法着陆。

## 12

我似乎一直在避免正面谈及庞然，可越是这样，她的形象反而越发清晰。我可以准确地回忆出我爱上庞然的那个下午。

那是一个周日的下午，我像往常一样站在窗边，注视着人民路上走过来走过去的人群，他们脸上的表情让人目不暇接，我幻想着他们的人生轨迹。当我看累了，我就盯着街边的电线杆看。偶尔会有几只麻雀飞到电线上孤芳自赏地表演杂技。一切都是那么稀松平常。

这时，突然——庞然出现了。

她穿着方格布衬衫，蓝布牛仔裤，脚下一双胶底帆布运动鞋。她举起右手挡光，光穿过她手指间的缝隙，贴在她的锁骨上，又滑向她微微隆起的胸部。夏天灼人的阳光变得柔和起来，街上的行人仿佛都被她身上散发出的光芒给过滤掉了，我的眼里只能看到她。就在那一瞬间，我感到一阵酥软，瘫坐在床上。等回过神后，我迅速穿上鞋，不顾母亲的询问，跑下楼去。

庞然牵着她母亲的手，在街上逛着。她显得很放松，不像平时看到的那般拘谨和腼腆。我悄悄跟在她们后面，尽量不让她们发现。每当意识到她们要回头时，我就立刻转过头装作若无其事地走进街边的小店或是蹲下来摆弄地摊上的商品。我透过小店门口货架的间隙久久地注视着她。

那时的她是多么完美啊！就像一座刚掀开布帘的大理石雕像，所有一睹其真容的人都会被她身上华丽的光泽所吸引，所折服。令我不解的是，一路上竟没有一个人驻足观望她。

她们继续往前走，再跟下去就有些困难了，因为这里已经快到人民路尽头了，店铺和行人都很少。路边有人在卖棉花糖，我灵机一动买了一个，只要感到她们的目光快射过来时，我就举起棉花糖挡住脸……

自那之后，我开始主动找她攀谈，经常给她写诗，约她出来见面。但是在父母和学校的监视下，我们单独相处的机会少得可怜。

## 13

那天上学路上，因为快要迟到了，我们跑了起来。这时天下起了雨，似乎就要越下越大，于是我们跑得更快了。突然，庞然停下来对我说："你牵着我吧，我跑不动了。"我回头看了她一眼，瞥到了她的锁骨。在牵手那一瞬间，我仿佛看到她的锁骨里蓄起了一泓清水，有几条蝌蚪在那清水里嬉戏。

牵手之后，彼此就默认成为恋人了，尽管我们都没有向对方正式表白过。那些日子我一改往日邋里邋遢的习惯，每天早上都会洗干净头发，穿上最干净的衣服，仿佛每一天都是一个节日。

## 14

在那些似乎没有尽头的晚自习上，大家是多么期盼停电啊！在我们的眼睛被黑暗笼罩的那一刹那，大家敲桌子，吹口哨，欢呼着。终于，我们盼来了那一天。停电之后，像是受到了某种神秘的召唤一般，我冲出教室，去楼下的教室里找庞然，而她正好也打算跑到楼上来找我。我们在楼道里相遇，我一把抱住她。在黑暗里，我的嘴唇强烈渴望找到她的嘴唇。一开始她还有些闪躲，不一会儿她也亲吻起我来。我咬住她的嘴唇就像咬住一口棉花糖，担心她会在我的齿间融化。在黑暗中，我们就像两条相濡以沫的小鱼，需要依靠对方的呼吸才能活下去。我希望这一刻永远不要停止，可是最后她还是推开了我，小声说：“一会儿来电了大家就都看到了……”

## 15

在金沙河边，她小心翼翼地摩挲着我掌心的伤疤，我忍不住把手伸进她的格子衬衫里，我抚摸着胸罩在她皮肤上留下的褶皱，轻声问她疼不疼。“习惯了。”她回答说，她没有像以前那样闪躲。她的眼睛里流露出一种欣喜、爱怜又带着一丝悲伤的目光，那目光足以将一个人终生囚禁其中。然而，正当我在狂跳着的心脏的驱使下准备进一步摸索时，不远处传来了一阵急促的脚步声。我们被一群结伴而来的学生发现了，他们发出了淫荡的尖叫声。庞然羞得把整个脸都埋在臂膀里。我当时真恨不得冲上去把那群人给撂倒，扔进金沙河里。没过一会儿，庞然说，九点多了，她得回家了。她说她母亲规定她必须在十点钟之前回家。

## 16

想起那次聚会，我至今都觉得不真实。那是大一上学期结束后的寒假，同学们纷纷感慨着大学生活的无聊以及高中生活的充实，突然一个熟悉的名字飘进我的耳朵。

“你刚才说谁跳月亮湖自杀了？”我听到大家在讨论一个高中同学的自杀，但没有特别留意。因为这种事在高中已经发生过好几次，这些意外事件就像新闻里的灾难报告一样，看过一遍很快就忘掉了。

“17班的庞冉，你可能不认识。”那个同学漫不经心地说。

“嗯，不认识。”我不知道自己为什么会脱口而出这样一个回答。我甚至一直等到聚会结束后，才试图去弄清楚事情的来龙去脉。

我一口气冲到学校的月亮湖边。湖已经被填平了，但是用来填湖的土明显比周围的土更蓬松，“月牙状”的轮廓依然清晰可见。在跑向月亮湖的路上，我不停对自己说，快点，再快点，好像只要及时赶到，我就可以阻止悲剧的发生。我坐在湖边的花坛上，大脑一片空白。边上有两个小孩在玩“小包车”的游戏，他们面对面在地上跳来跳去，右脚内侧互碰，再用左脚内侧互碰，嘴里喊着：“小包车，嘀嘀嘀，开到北京一十一，一八一五六，一八一五七，一八一九二十一……”

“一八一五六，一八一五七，一八一九二十一；

二八二五六，二八二五七，二八二九三十一……”我竟忍不住跟着这拍子念了起来，仿佛在念着一种可以让时光倒流的咒语。

我失魂落魄地走向庞氏服装店，想去问个究竟。我幻想着庞然会在服装店的镜子里看到我，然后惊讶地扭过头笑着问我：“你什么时候回来的？”

我躲在电线杆后面偷偷地往里看。没有庞然，她的父母在招呼客人，弟弟在收银台上埋着头写作业。看上去是一个再正常不过的三口之家，一点都不像遭遇了变故。

最终我也没有走进去——我有什么可问的呢？

## 17

我想起高考之后的一幅幅画面，那些眼神，那些话语，那些漫不经心的小动作，如今在死亡的映照下，它们的含义变得清晰起来。

高考分数线出来后，我们约好一起去学校填志愿。等我填好志愿后，发现她在门口等我。

“你怎么这么快？”她没有回答我，最后她哽咽着说她根本就没填志愿，父母要求她复读再考一次。

“你为什么不早说？我根本就不想去武汉，是听说你要报考武汉的大学我才填的。”我冲她吼着。

“你去武汉上学有什么不好？回家也方便。”

我的怒火其实更多来自她的谨小慎微。高考前相处的时间少我可以理解，高考结束后，我搬回了郊区的家，一整个夏天，我们竟然只见了三次面。我几乎每天都给她发短信约她出来见面，她却总是有事，不是说要走亲戚，就是身体不舒服。我开始怀疑这一切不过是我的一厢情愿，然而每次看到她的笑脸，所有的疑惑和不解就全都被抛之脑后了。

最后阴差阳错地，我被调剂到了苏州大学——第二志愿可以填好几所学校，我甚至都不记得自己填过这所学校。

临行前，庞然发短信说她没空送我去车站，我问她究竟在忙些什么。她说她其实也不是没空，只是怕见我最后一面。我说，什么最后一面，你为什么总要说这些丧气话啊？

我现在终于知道她并没有夸大那条短信的含义。

## 18

在去武汉的路上有人上车，定睛一看，竟然是王中强。我下意识地看了看掌心的伤疤，把头扭到了一边，装作没看见他。上车后他接了一个电话，反复说着“晓得了晓得了”，语气很不耐烦，但已没有了那种飞扬跋扈的锐气。高三上学期时，王中强因持械斗殴被学校开除了，我已经快一年没有见过他了，他之前一直顶着一头傲视群雄的黄发，现在也恢复成了平庸的黑色。不一会儿，车开到了另一个小镇上，他下了车，深一脚浅一脚地消失在我的视线里。

我给庞然发短信告诉她我碰到王中强了，忍不住跟她说了手上疤痕的来历，可她不回我的信息；打电话，她也不接。天快黑了，车窗外的夕阳带着悲悯的气息，我慢慢平静下来。窗外的空地上有一个废弃了的旋转木马。其中有一匹枣红色的木马好像比周围的木马要大得多，那昂首挺胸的样子就像是仍在眷恋过去的欢乐时光，又像是想要挣脱记忆的锁链，融进这血红色的夕阳里。

在火车上睡着的时候我梦见了很多人，母亲、庞然、庞然的父母和弟弟、房东、房东的女人和儿子、中风的阿姨、王中强、班主任……我们全都坐在旋转木马上，而我和庞然就坐在那匹最大的枣红色木马上，她搂着我的腰，头靠着我，甜蜜又羞涩地笑着。其余的人全都向我和庞然投来祝福的目光和微笑。

我多么希望梦醒后我发现自己还睡在人民路的房子里，起床后我会看到房东的女人送她的儿子去上学，又看到二楼中风后的阿姨坐在轮椅上被她的丈夫推出去散步，接下来便是一天里最幸福的时刻，我看到庞然躲在服装店边的小巷子里等我一起去上学。

然而，等我醒来后，我收到了庞然的分手短信，屏幕上只有简单的五个字，连标点符号都没有："我们分手吧"。

## 19

走出苏州火车站后，我发现这里也有一条人民路，我掏出手机给她发了最后一条短信："你知道吗？这里有条路也叫人民路。也许我会碰到另一个庞然，你也会碰到另一个大物。既然你已经决定了，那就这样吧，祝你幸福。"之后我换了新手机号，赌气一直没有告诉她。

我记得当时迎面而来的汽车射出强光，刺得我睁不开眼睛，我感到松了一口气。我想，未来的日子也许就像这光一样，是明亮的。

当我回想起这整件事时，我竟不止一次自私地想到，如果时间就停留在这一刻，也是很好的。

# 如果一个拥抱
# 就可以原谅一切

猫语猫寻

## 1

我慌忙扔掉手中的烟头，站起来向机场里走去。

在很远的那个转角处，他还只是一个不规则多边形的点时，我已经认出了他。

这个全新的机场有着长度堪比全国大部分机场的接站口，

五年来，机场已经变了，我接的人可能还是那个他，但也许已经不是了。

五年，多么艰难的五年啊。

大学毕业，这个别人都在分手的时期，我和他决定开始恋爱，只是幸运又不幸的是，我们都在还没有毕业时就已经找到了工作。他将前往炎热的武汉，我将赶赴有海风拂过的深圳。

散伙饭那天，他帮喝得烂醉的我拎着背包，轻轻地拍着我的背。我蹲在路边边呕吐，边含糊不清地说着谢谢。

“你喜欢我吧？”我听到他说，那个声音就像海的呜咽，很近却又听不清晰。

“什么？”我像是被电击一般，腾地一下站起来，慌忙用袖口擦着嘴问道。

“叶云说的，说你一直喜欢我，可是一直不愿意和我说。”他皱着眉头说。

“哦，哈哈哈，这个小贱人，我编故事的，你别信她。哈哈哈，你也知道我写故事赚钱的嘛，一直单身像什么话，总要编个故事给她们听，让她们觉得姐也是个有故事的人。宿舍里的人全都恋爱了，我再没个喜欢的人那多low啊，你刚好没女朋友可以利用一下。”我一紧张就会滔滔不绝，停不下来。

“哦，这样啊，我还以为是真的，一阵高兴呢。”他挑挑眉说道。四年的死党，他怎么可能看不出来我的窘态。

不知是喝多了酒还是真的脸红了，我的脸一阵发烧，心里装后悔药的瓶子被全部打翻，也无法淹没我的悔意。我转过身，想用呕吐来掩饰一下。

“那我喜欢你怎么办？”身后传来他的声音，心里的一百多头小鹿跳得很是欢快。

眼泪有点不听使唤。

“你倒是说话啊，别假装吐了。”他掰过我的肩，看到我满脸的眼泪，愣住了。

“都毕业了，后天就各奔东西了，你在武汉，我在深圳，说什么都迟了。还不如大家都放在心里呢，你说出来干什么啊。呜呜呜呜……”我不由哭出了声。

从大一一进校门第一次看到来接我的他，我就知道我注定要沦陷了，如果这个世界真的有真人版的我的白马王子，那就非他莫属。短短的头发，黝黑的皮肤，俊俏的脸庞，可以成为校篮球队中锋的修长身高。他伸出手说：“你好，我叫向南，受班主任委托来接我们美术班的才女。”

我愣愣地伸出手，握了握，手心都是汗："我叫安静，安静的安，安静的静，然后，我……我其实不太安静。"说话都有点结巴。

"哈哈哈，你比我逗多了，太可爱了。"他大声地笑着说。

"……"

从那天开始，我们便成了死党，一起泡图书馆，一起写生，选修课选一样的，参加一样的冷门社团。大二的时候我还帮他给校花写过情书，陪着被校花拒绝的他喝到吐，只是我酒量实在不济，最终被失恋的他背回宿舍，这事被他足足笑话了一个学期。

大学平淡的生活因为他而变得色彩斑斓，我把所有的情愫都压抑在心底，觉得不说出来就不会有人知道，可我无法掩饰帮他写完情书第二天红肿的眼睛，也无法掩饰看向他的眼神里充满了浓烈的忧郁。

毕业了，我以为四年过去了，一切就都结束了，可是没想到我竟然在人生中第二次喝到吐的时候，被他紧紧地拥在了怀里。

我听到他说：“傻瓜，**在爱情面前距离有什么可怕的。**”

## 2

我们的热恋期仅仅维持了三天，便各自马不停蹄地离开了学校所在的城市，各奔东西。心中和脑海里满满都是他，却在一个多小时的时间里被撕裂开来，扔在了相距1077千米的两端，开始了无法无天、没日没夜的思念。

两个月后的周六，他从武汉连夜坐火车赶来，我站在接站的人群中，等待着人群里可能会出现的他。

第一个两个月，我们每天通电话、视频，进聊天室一起画漫画，列举着所有见面的时候想要一起做的事。

他说他想和我一起去尝试一下广东的早茶。

我说我想和他去看午夜场的恐怖电影。

他说他想要拉着我到海边散步。

我说我想和他一起去欢乐谷玩一次过山车。

……

这两个月，我把我们说出来的想要一起完成的事情都记在笔记本里，足足记了十几页之多。

我们在车站拥抱，我们旁若无人地接吻。那撕心裂肺的想念，让我忍不住想要把自己欠入他的身体，两个月，多么漫长的两个月啊。

我带他去了我租住的小屋，我们一刻也不愿浪费地黏腻着，我看不够他，他抱不够我。我们可以什么都不干，只是像傻瓜一样地痴望着彼此，也可以滔滔不绝讲述着这两个月的生活和遇到的人。直到已近黄昏，暗下来的房间和咕咕叫的肚子提醒着我们，之前计划要去做的事还一件都没有做呢。

我们手拉着手去楼下我经常光顾的小店里吃饭，因为他一定要吃我平时吃的东西。

老板娘看到我，笑着问我："男朋友啊？"我有些害羞但又很骄傲地点点头。老板娘的笑容好似填满了我所有的虚荣心，我笑着看他，幸福在我和他的眼中流转。

如果每天都能看到他该多好，就算每周能看到他一次也好啊，我突然想。

第二天，我带他坐了我上班的公交车，带他去了我常去吃饭的快餐店、超市，还有我公司的大楼。两天的时间短得像一次深呼吸，他要坐周日晚上的航班回武汉，我站在机场安检口看着他的背影，眼泪从眼中不断地溢出。他放弃排了一半的队，过来拥抱我，他帮我擦着眼泪，说：“我很快就会再来看你的，很快。”他吻着我，我的手放在他的胸口上，他的心跳告诉我，他和我爱他一样爱着我。

## 3

我们谁也没有预料到第一次的分开之后，我们直到半年之后才能再见。

他妈妈突然病倒了，所有的周末和业余时间他都回老家去照顾她。思念被哽在喉咙，变成了一颗一颗的石头，吐不出又咽不下。我想要去看他，可是我一个月只有一次双休，有时加班太忙，甚至连休息都要放弃。刚进公司，我没有机会请假，也开不了那个口。

我们每天通一两次电话，晚上会视频，可当他回了老家就连着两天没有任何音信。每当我在休息日没有他的任何消息时，我总焦躁不堪。如果明天我就死了呢？如果明天就世界末日了呢？在末日的前一天，我最重要的那个人没有任何音讯，这样的想法让我窒息。痛苦从心底蔓延到全身，可是我什么都不能说，因为他不是故意不与我联系的，他面对的是病重的母亲，我怎么可能在这样的时候抱怨他呢？

他告诉我他所有的忧虑与不安，他甚至在电话那头哭过，可每当电话挂断，我总会长长地叹一口气。他的电话没有给我一丝一毫的安慰，甚至无法让我真实地感觉到他。我开始抽烟，好似那吞吐出的烟雾，可以代替他来陪伴我。

对他的思念在那段时间里夹杂着太多复杂的情绪，一时间我竟然不知道要如何分辨幽怨和爱、痛和愉悦。白天我拼命地工作，想用忙碌来救赎自己，可到了夜晚，我就只能举手投降。我甚至开始羡慕那些失恋的人，起码他们不像我这样的悬而未决，不像我这样总是在失落与思念之间挣扎和纠结。

在深圳我没有什么朋友，每天的朝九晚五像是一只温吞却力大无穷的巨兽，吞噬着我对这段爱情的热情。没有他音信的周末，我泡在图书馆看各种治愈系的书。可是突然有一天，我不敢再看下去了，那些文字带给我的虚假的平静感，正在让我的心一点一点地远离他。尽管让心靠近他是如此痛苦，可是我还不想放弃。

## 4

叶云的到来，就像冬天里突然降临的暖阳，让我的心在冰雪里感受到了一些温暖。她变了很多，比上学的时候要瘦一些，妆也化得恰到好处。望着她渐渐走近我的身影，我想，她也许再也不是那个曾经和我在操场手拉着手一起散步的丫头片子了，可是当我看清她的微笑，我又释然了，那灿烂如花的笑颜，已经无须解释，我们依然如旧，懵懂如初。

我们用一整个下午的时间叙述着彼此的生活，吃饱喝足走回我住处的时候，她问起了向南。我忍不住皱了皱眉头，本想轻描淡写的我，已经无法挽回地出卖了自己。

听完我们的事，她长长地叹了口气。

“异地恋啊，真是煎熬！”一句简单的评价却道尽了我的苦楚。

“谁知道这样的日子我还能坚持多久。”我点燃一支烟，小声地说着。

叶云来深圳是参加公司组织的为期一周的大型培训，那一个星期我们每天都待在一起。她说她还不想恋爱，尤其是看到我的状态，更是对恋爱有些望而却步。送她离开的时候，她抱了抱我说：“年轻的时候确实应该好好恋爱，可是你要爱惜自己啊，你看你这也太瘦了。”

我笑着看着她，不知道该如何答话。她说我变了很多，变得沉默寡言了，变得没有以前那么搞笑了，好像成熟了，却又仿佛越发迷惘了。

迷惘是我与向南分开的日子里的常态，我不知道现在的自己要什么，更不知道未来我和他能走向何处。

叶云走了之后，我们比之前联系得更加紧密了。她会时常打电话给我，因为她很清楚我的性格——关于向南的一切，我也只愿意与她讲而已。

相反，和向南的联系反而变少了。之前，如果他不打来电话我会打给他，可是从那之后，我开始想要控制自己，我不想让他知道我对他的思念里夹杂着这么多的痛苦。所以我们从每天通一次电话，变成了一周通两到三次电话，而视频则再也没有过了。

叶云说，这可能才是恋爱的常态。只是我知道，在我的心里，这段恋爱已经开始有了裂痕，至少我不会像一开始那样全力以赴了。

## 5

半年的分别之后，向南终于因为一次出差，不得不来深圳了。这样的原因多少让我有些难过，毕竟半年了，半年说长不长，说短不短，但可以发生很多事。尽管我们会通过电话了解彼此的生活，可是却依然会有很多的事情是我们无法用语言告诉对方的，这些都变成了一块块的砖瓦砌在了我和他之间。

我等在机场的登机口，飞机延误了两个小时，两个小时里，我设想了很多个见他时的场景。也许我会哭吧，也许我们会紧紧地拥抱吧，也许他会吻我吧……只是最终见面时的景象出乎我所有的意料，我没有哭，他也没有吻我，我们也没有拥抱。

他对我微笑，脸上满是倦容，而我傻傻地站在那里，不知道作何表情。我突然想到叶云的话："也许这才是爱情本来的样子。"

他走过来牵起了我的手，说：“你瘦了好多。”

我笑了笑，突然觉得手足无措，一开始的寒暄让我觉得陌生。时隔半年，我一时间好像没有什么话要对他说，那松松地勾在一起的手，好像随时都有可能会分开似的。

他出差只有三天，参加一个培训，他住在公司给他订的酒店，因为离他培训的地方近，却和我相隔很远，坐车都要一个半小时。我送他到酒店，帮他简单收拾了一下，就匆匆往回赶。而他将我送到了电梯口，没有留我。

当时我们部门正在赶一个项目，每天加班。第二天，当领导拒绝了我的请假申请时，我竟然有种轻松感，这样的轻松感，吓了我一跳。如果和他待在一起让我感觉到压抑的话，那我这半年的痛苦又算什么呢？

这半年之后的相聚，只是匆匆的一面，连个像样的拥抱都没有发生，他就离开了。

我开始不安起来，我们已经站在分手的边缘。他那句“爱情面前距离有什么可怕”的宣言越飘越远，我不由觉得，距离确实是可怕的，它让两个曾经如此熟悉，如此相爱的人变得那么陌生，又那么疏离。

三天后，他飞回了武汉，我看到他登机前发的短信时，他的手机已经关了机。错过可能是分开的预兆，我放下手机叹了口气。

## 6

**我们失去了联系，与其说是失去，不如说不知道要如何开始联系。**我没有收到他的短信，也不知道要写些什么话给他，每次拨好了号码，却又总是无法按下呼出键。

每一次听到电话响起我都飞快地查看，可看到屏幕上闪烁着的名字不是他，我又忍不住地失落。我幻想着他也许和我一样，那么，我是不是应该果断地打一个电话给他？可是如果他并不是这样呢？

我无比厌恶为这些小事纠结着的自己，可是却又无法抑制地这样纠结下去。和他在一起的每时每刻已经在脑海里上演了千百回，和他的每一条聊天记录也都看了很多遍，竟然却没有勇气发出一个“嘿”，甚至一个表情，生怕这样的一个开始就直接给我们的关系带来一个果断的结束。

每一次看到他的QQ头像亮起，总是会袭来一阵阵的压抑，这样的压抑像是一只大手，紧紧地攥住我的心脏，挤掉里面所有的空气，缓过劲来才发现眼泪已经夺眶而出。

这样的失联比痛快的分手要折磨人，因为好似在等待一个开始，又像是在等待一个结束，到最后你也不知道你等待的到底是什么。

公司一个新来的同事，约了我几次，我都拒绝了，最后我告诉他我有男朋友了。发出那条短信时，我一阵失神。没有果断地分手，我就真的是有男朋友的吧，可是那个男朋友却在不知不觉间失联三个月了。

一开始，叶云打电话来时，会问起我和向南的情况，后来因为我的答案都是“没有联系”，她便不再问了。终于有一天她憋不住了，问我，要不要她打电话去问问，我果断拒绝了。可挂了电话后，我又有些后悔，也许她去问问，会有个答案吧，而有个答案，总比现在这样僵持着强。这样僵持着实在没有什么意义，又或许僵持着的人，只有我一个吧！

## 7

“是我。”他说。

“嗯。”

“你好吗？”

“挺好，你呢？”

“我也很好。”

“你妈妈身体怎么样了？”

“已经痊愈了。”

“嗯，那就好！”

……

其实一个电话的开场不会太难，接通了就可以开始，可是却维持不了多久，我们俩的沉默让电话变得异常炙热。失联四个月后的电话却也并没有很多话可以聊，等待我们的话题好似只有一个。

“昨天叶云打电话给我了。”他说。

我有点想哭，突然觉得这段关系连维持下去的意义都没有了，也许我不敢打电话给他，只是不想面对这个现实吧，这让我觉得压抑，不由得沉默了。

“她说，你现在开始抽烟了？”

“嗯，偶尔。”

“女生不适合。”

“我知道的，只是心情不好的时候才抽。”只不过经常心情不好而已。

“最近工作太忙了，所以都没有和你联系。”

我的心里不由一堵，因为我也很忙，每天加班，可我仍然无数次拿起电话。只是，我不知道要和他说些什么，不知道在他很长时间没有联系我之后，我要如何给他打一个电话，故作轻松地聊聊天。

我很清楚“忙”只是一个优雅的借口，而我和他之间，现在已经需要一些借口才可以延续对话了。

只是我知道，有些事情还是不要拆穿会比较好。

“嗯，忙点好。”

对话再也进行不下去了，也许该是切入主题的时候了。

“我们……是不是该分手了？”我有些犹豫地开了口。

“你这么觉得？”

“说不定变回朋友，我们会有更多话聊！”不会像现在一样。

“是我的错，我没有好好珍惜你。”

我有些无措，不知道要如何回应。

“我就不说那些‘你一定要幸福’之类的虚伪的话了，好好照顾自己。”他继续说着。

“‘好好照顾自己’不是也很虚伪吗？果然我们的话好像真的变多了。”

……

挂了电话，我像是脱掉了一件沉重的外衣，感觉到一阵轻松。可是，为什么会有眼泪？

## 8

这持续了不到一年的恋爱，如果算上我对他的暗恋，应该是五年，就这样平淡地用一个电话草草收了尾。

我想我之前之所以不愿意开口说分开，是不甘心吧，自己暗恋了四年的人最后终于在一起了，任谁都不想轻易地放手。

现在，终于分手了，只是分手时的轻松并没有持续多久，便被持续的阴云淹没了。

我时时会觉得空虚，之前那些思念他的时间都没有办法填补，书、电影、音乐或狂欢……最终都会变成深深的寂寞，让人窒息。

我不知道要如何治好自己，一个人的时候总是会想起他，校园里的他，来深圳看我的他，他的气味和他的声音愈发清晰，可是他的脸却越发模糊。我好想再见到他，想要再看看那张在记忆里越来越模糊的脸。

可我却不愿意对任何人说起我的想念，和叶云的电话里，我一直把我们的分手修饰得非常和平，好似没有任何矛盾和不快，但如果真的没有矛盾与不快，又怎么会分手呢？

日子一天天过去，从叶云和他的空间动态里，我会得知他的消息。每一个消息，都好似可以使我好不容易建立的心墙瞬间崩塌。

叶云说他病倒了，在打吊瓶。我便会想起上学时，他发高烧，我一夜无法安睡，第二天早早便买了粥去他宿舍看他的场景。他会不会像之前那样一生病就只想睡觉，不愿意睁开眼睛，不愿意吃饭呢？

他的空间日记里说他因为出差回了学校，去了学校门口的小食堂——那个我们一起吃过无数次饭的地方，那时我们是朋友，散落在那儿的时光里应该满是我们的笑声吧！那些，他都还记得吗？

也许我该出去走走，去找个地方小住一段时间，因为哪怕是回到自己的房间，我也能因为房间里他曾经触碰过的物件而想起他。

我们分手了，我们已经不再联系了，可他却仍在我的世界里保持着强烈的存在感，好似任何事情都与他有关，任何入眼之物都隐藏着他的气息，他像是一根藏在心里的针，稍不注意，就凶狠地刺进我的心脏。

**我还在想念他，我还爱他，他仍然坚定地住在我的心里——这是我无法忽视的事实。只是这个事实，我没有勇气面对和承担，它太重，压得我喘不过气来。如果这就是爱情的样子，那么我一辈子都不想要再拥有它。**

## 9

叶云召集了一场同学聚会，聚会安排在了广州，离我很近，我没有理由不参加。

11月，北方已是初冬。记得上学时，有一年的11月就已经下起了雪，我和向南就那样走在校园里，背后的脚印和周围的目光，都好似在证明我们是一对情侣，这让当时暗恋着他的我已经无比知足。如果当初我们一直那样下去，就不会有现在这样的失落和痛苦了吧？是啊，如果我们不曾在一起，又怎么会痛苦呢？

南方的11月依然凉爽怡人，好似北方的初秋。同学聚会安排在一个粤菜酒楼的包间，里面有两张桌子。

我一走进去，便看到了坐在桌边的他，他低头看着手机。好似我进来引起同学的哄闹吵醒了他一般，他抬头看向我，我慌忙移开了眼，和迎上来的女生拥抱寒暄，并在外面的那张桌边坐了下来。

我一时恍惚，不知道接下来该做些什么，便不停地喝茶。

旁边的女同学在大声地聊着天，我心不在焉地听着。

很自然地说起了恋爱，女同学便问起了我，我一时愣在那里。幸好叶云在这个时候推门进来，我不由得松了一口气，转头看向他的方向，他竟然在看我，我连忙起身大方又自然地迎接叶云。

叶云和周围的同学寒暄一遍后，坐在了我的旁边，低头问我会不会尴尬，我微笑着摇摇头，释放着在心里演练过很多遍的自然与平和。

在学校时，因为心里装着关于他的秘密，我变得内向起来，那时的内向却在这个时候拯救了我，我不需要讲太多话，也不需要去刻意参与他们的话题。

可是就这样在熟悉的人群里保持沉默，已经让我有些累了，我拿了烟走出门去。站在酒楼门口，深深地出了口气。

“在躲我吗？”身后响起他的声音。

“没有啊。”我缓缓地转过身。

他瘦了很多，应该是因为之前的病。

“给我一支。”

我递给他一支烟，帮他点烟的手有些颤抖。

他轻轻地握住我的手腕，那熟悉的温度让我不由愣怔。

“你又瘦了好多，再瘦下去可就不好看了。”他抓着我的手腕，就势将我的手轻轻握住。

我的心不由得抽痛起来，仰头看着路边的树梢，生怕眼泪会在不经意间滑出眼眶。

我轻轻地抽出了手，转身上楼。手指间他的温暖慢慢冷却，如果一切都能这样慢慢冷却，该多好。

## 10

吃完饭，我借口说第二天还要回公司处理一些事情，坐了最后一班动车回了深圳。

我害怕我会忍不住再重复和他之间的故事，好不容易画下的句号就会变成一个可笑的逗号。

第二天下班时，电话响起，是他。

“下班了吗？”

“嗯，刚从公司出来。”

“你往左边看。”

他站在那里，仿佛怕我看不到他似的向我招手。

我有些不知所措。

他说会在深圳停留一周的时间，所以过来看我。

他牵起我的手，像什么都没有发生过，像是忘记了我们在几个月前说了分手。

我不由得轻轻抽手，他又狠狠地握住，转头对我说："你再躲我，我就真的没有勇气再追上来了。"

我不由得停住了手，一阵委屈，眼泪一瞬间决了堤。

"你在这里哭会被你同事看到的哟，到时候你们全公司的人就都知道你的真面目了，表面雷厉风行的安小姐其实是个爱哭鬼。"

他笃定地牵着我的手，像是再也不会分开那样。

他说他向公司请了一周的假，他说他的请假理由是要追回甩了他的女朋友，领导一听这样的原因立刻就同意了。

他还说这一年里他经历了很多事，和我分手之后的几个月里也想了很多，尤其是生病的时候，他躺在自己的出租屋里看着天花板，想着如果自己就这么死了，他这一生，和我一起走过的时光占了他一生的五分之一，可是我们手牵着手经历的却不及二十二分之一，这是他迄今为止的人生中最大的遗憾。

一年的恋爱，四个月的分手，就这样都结束了。

## 11

分手之后的复合，像是将一切归零，只是我们的爱情，已经不像刚开始在一起时那样的炙热。好似两个人已经在一起很久很久了，好像两个人从来都不曾分开过，那近一年的患得患失在他的表白之后，好像从来都没有发生过似的。

但在一起的时光终究是美好的，那曾经空荡飘零的心，被填得满满的。爱一个人应该是有很多种形式的吧，我想。

我决定坦然处之，坦然地表达自己，坦然地面对一切。

这一周他接我下班，我们一起吃饭，相拥入眠，早晨我轻手轻脚地离开我的小屋去上班，投入地工作，想着快一点做完手边的事，能够准时下班，见到他。

我们一起散步，我做饭给他吃，我们依偎在路边的咖啡厅里看书，我们手牵着手一起看电影……那些曾经并不美好的景致里有了他，都好似开始柔和起来了。

如果能够这样过一生，那么这一生应该是美好的吧。每次看到在公司门口接我的他时，我总会有些不太确定地这样想着。

一周的时间过得飞快，当再一次将他送进机场的安检口，我突然发现，我的心口不再像之前那样失落了，我突然意识到我所有的失落并不是因为见不到他，而是一直都不太确信他对我的感情。可是现在就确信了吗？望着他消失在安检口的背影，我开始有些恍惚。

## 12

他用过的毛巾我放在原处，牙刷也并没有收起，插在牙具盒里的一角，摆成随时会被使用的样子，而一起逛街买回来的靠垫也放在他习惯摆放的床角，生怕触碰了就破坏了他留在上面的味道。

我觉得自己病得不轻，只是这样病着的我，总比那患得患失的自己要强得多，所以我纵容着这样的自己，在只有自己一个人的家里过着两个人的生活。

我们的联系并没有太紧密，像是时不时想起才会互相打招呼微笑的朋友，可是这样的平和让我很是满足。许是经历了那样的一场惨烈的失落，我开始明白恋爱本身应该是平和的，那些激烈的炙热的故事，只是爱情美丽的外衣而已。

有人说一场曲折的爱情会让人成为哲学家，我没有成为哲学家，却成为了一个平和且知足的人。叶云说，我一瞬间从一个过于理想的女孩变成了一个成熟的小妇人，让她有些不习惯，但她在电话那头的笑声告诉我，她已经不再为我的恋爱担心了。

只是我自己却还是有些担心，有些害怕那个患得患失的自己会再回来，又有些害怕自己在这样的平静里，就慢慢地把爱情演绎成了一种其他的感情。叶云说："这是必然的。"

## 13

向南在年底升了职，他说要在元旦假期的时候一起去上海玩儿，我订了机票，他订了酒店。看着最终的机票确认短信，我有些希望叶云说的必然永远都不要来临，因为我发现，对即将开始的行程的期待，是如此地美好。

我们约定在虹桥机场会合，我订的12月31日晚上的航班，我的航班到达的时间比他晚一个小时，在大厅的星巴克里，我却没有看到他，他的手机关机，询问机场，他的航班准时到达。

那一天，我拨他手机的次数是有史以来的最多次，可是手机里一直都坚定地响着关机的提示音。

所有可能发生的意外在脑海里一一上演，我从一开始的担心，最终演变成了焦灼和愤怒。我拖着行李箱，在虹桥机场的大厅里走来走去，我突然发现，我和他之间，如果没有电话的联络，便会成为两个没有任何关系的陌生人，恋人这两个字，突然让我觉得讽刺。

我在机场旁边的酒店住下，本来想要订第二天的航班回深圳，可又怕他出了什么事，第二天赶过来见不到我，纠结之余又放弃了。

我在这个陌生城市的机场酒店里辗转，他的手机一夜都没有打通。

我一夜未眠，竟有些想通了，既然都来了，那么就当是一个人的旅行好了。我转订了徐家汇的酒店住下，像一个悠闲的旅人，去了到上海旅游的人该去的地方。偶尔看着从身边走过的恋人，我会看看手机。手机很安静，一直都没有响起。

他，依然没有消息。

## 14

回到深圳的第二天，他打来电话道歉，说当天公司聚餐喝多了，之后连睡了一天一夜，把这事给忘记了。

“忘记了”三个字像是一个黑色的笑话，扎得人生疼。

我挂了电话，不想再多说什么。

那三个字消磨了我对这场爱情所有的热情。如果再继续下去的话，叶云所说的必然可能就要来了吧，可是我真的还要继续下去吗？

年终与年初交替的时候，工作开始忙碌起来。那一年的春节来得很早，在放假前的晚上，我敲完月度工作总结的最后一个字的时候，突然发现，我和他又整整失联一个月了，如果就这样一直失联下去的话，也许算得上是一个不错的结束吧。

总监说要请大家吃消夜，我们寥寥数人，去了公司附近的餐厅。我没喝几杯就有些晕了，想起上次喝醉的时候，有人在我身后帮我拍背，虽然时间并没有太久，可也许是因为在那段时间里塞了太多的纠结、痛苦和分分合合，让那段时间显得前所未有的长久，恍若隔世。

我们终究把这一场分隔两地的爱情，越谈越远了。

我默默地站起身走出门去，那一年的工作结束了，有很多事情也都应该结束了。

## 15

他从出站口走了出来，刚刚扔掉的烟蒂的余温仍在，我的手指却有些冰凉。

他向我招手，只是他已经不是三年前的那个他，而我亦然。

他拖着小小的行李箱，走到我的身边。

“三年没有来这里了，连机场都换了。”

“是啊，三年里很多事都会变的。”

简单的问候和寒暄之后，我们竟然都没有话讲了。

我开着车，打开车窗，CD机里放着陈奕迅的《十年》，一路静默。

距离那一次上海之旅已经过去三年了，距离他说“在爱情面前距离算什么”的那个秋天已经过去五年了，距离我第一次见到他的那个秋天竟然已经过去十年了。

**十年之前我不认识他，他不认识我；十年之后，我们是朋友，偶尔问候，谁也不愿去深究那些曾经。**

送他到了酒店，我离开时，他拥抱了我，轻轻地说：“原谅我。”

我微笑着离开，微笑却凝固在了脸上。我在心里默默地回应他：“没有怪罪又哪来的原谅，如果真要怪罪，一个拥抱又怎能原谅这如落花般的过往？”

# 只愿你们好好在一起

烟波人长安

我和大头认识，是在一个微信群里。这个群主要的作用是朋友间用来约饭，我一般光看，不说话，除非有人说要请客，我才会冒出来。

大头是我朋友的朋友，被人拉进群。我和他吃过一次饭，他是各方面都比较普通的一个人。那段时间我对这个群的关注度直线上升，主要是因为大头每天都在直播，一把鼻涕一把泪，控诉他家的猫的一系列恶行。

这只猫叫二毛，骨骼清奇，身怀绝技，习惯每天早晨五点开始挠门，门开着也挠，有饭吃也挠，刚换了猫砂也挠，不知道是在练什么武功。

大头教育了几次，收效甚微。有一天实在气急了，就把它关在了洗手间里。

二毛一开始还叫，过了十分钟，忽然没了动静。

大头觉得于心不忍，就打算把它放出来。

一开门，一坨大便正对着他。

发现这件事的乐趣之后，猫就彻底放纵了自我，在洗手间拉屉屉，在书房拉㞎㞎，在卧室拉㞎㞎。大头回家进门，看到客厅中央是它早晨拉的㞎㞎，好不容易收拾掉，准备换衣服，拉开衣柜——嘭！一坨新鲜的㞎㞎。

大头要崩溃了。

“谁能想想办法？”他问。

“哈哈哈哈哈哈哈……”我在群里笑得不能自已。

“喜闻乐见！”我回复。

集体沉默。然后大头说：“你信不信我去你家杀了你？”

后来还是有高人给他出了个主意：再抱一只听话的猫回家。

虽然我们几个人都没弄懂其中的逻辑，但高人迅速行动，精挑细选之后，借到了合适的猫。一只五岁的大母猫，肩宽体胖，爱好是一天睡22个小时，别号“铁柱”。

高人叮嘱大头，把它抱回去，什么都不用干，看戏就行。

大头怀着姑且一试的心情把铁柱抱回家。铁柱宾至如归，一点儿都不闹，有饭就吃，躺地上就睡。

二毛凑过去闻了闻，两只猫相安无事。

第二天周六，大头在家。二毛装模作样地在屋里转圈子，转到一半，突然往客厅地上一蹲，预备开始发力。

大头一声“你妈×”还没喊出来，只见铁柱从客厅角落闪电般冲过去，对着二毛，劈头盖脸就是一顿好打！

大头都看傻了。二毛丝毫没有还手之力，被追打了两分钟，然后仗着自己年轻，一个箭步蹿上冰箱。

之后整整一天都没有下来。

过一天，周日，大头买了啤酒和花生米，坐在客厅等着。

一天时间里，二毛试图放纵三次，也被打了三次。

周一，二毛终于在猫砂盆里解决了人生问题。

“牛×啊！”大头在群里激动地喊。

我们都很遗憾，感觉人生失去了一个乐趣。

铁柱载誉而归。大头感动得无以复加，说一定要见见铁柱的主人，至少请人家吃个饭。

高人又帮他牵线，约好在北三环附近的一个商场。大头还给人带了礼物，一对哑铃。

“对方是男的？”我忍不住问。

“能教出这么剽悍的猫，肯定是男的！”大头信心满满，“八成是个肌肉男。”

去了他才发现，对方是个女的。

铁柱的主人叫诺诺，在一家民企上班。后来我们聚会，大头带她去过几次。诺诺属于耐看的那种姑娘，长发过肩，眉目分明，和大头牵着手，看上去还挺般配。

啊？为什么牵着手？废话，他们在一起了。

大头这个无耻的人，自从那顿饭后，一直以交流养猫心得为名义，三天两头请诺诺吃饭、看电影，嘘寒问暖，聊天时间越来越长。慢慢地，诺诺也对大头有了好感，几乎是顺理成章地，两人就这么谈起了恋爱。

大头说二毛居功至伟，回去就给二毛换了高级猫粮，买了一箱罐头，大宴三天。

想想我家天天混吃等死的那位……妈的，羡慕得想骂娘。

“你为什么喜欢诺诺？”我们问大头。

“能教出这么通情达理的猫，肯定是个好姑娘。”大头说，满脸洋溢着幸福。

完了，这人没救了。

“你为什么喜欢大头？”我们又问诺诺。

“他说话很有趣呀，也很成熟。”诺诺微笑着说。

“而且，”她想一想，又说，“我对养猫的男的，本来也有好感。”

“我也养猫啊！”我忍不住哀号。

诺诺看我一眼，笑笑，转过头去。

靠！你倒是解释一下啊！

这样过了一年多，大头有时候会在群里秀恩爱、贴合照，动不动夸诺诺有多么好，我们选择性地无视他。

直到有一天，大头忽然刷屏。

“我要和诺诺回家见家长啦！见家长啦！见家长啦！”大头兴奋地说。这家伙，还他妈用了语音。

“好，什么时候结婚？”大宽问。

“回去待五天！”大头无视大宽。

“好，什么时候结婚？”锤子问。

“有可能会住在她家！”大头无视锤子。

“好，什么时候结婚？”我问。

“你们说我带点儿什么东西过去好？”大头无视我。

……

谁管你带什么东西，先回答我们的问题好吗！

大头没有回答我们的问题。

他坐上火车，和诺诺回她老家。我和大宽还有锤子算好日子，等大头回来宣布婚礼日期的时候，我们就把群屏蔽掉，假装没看见。

结果五天后大头没出现，一个星期后还是没出现。过去快半个月，下午两点，群里没什么人在，大头忽然冒出来。

“有人一起吃饭吗？”他问。

我正躺在床上酝酿着睡午觉，一下坐起身。“你准备婚礼去了？”我反问。

“出来吃饭吧。”大头答非所问。

“好，你什么时候结婚？”我又问。

大头还是不回答。

半个小时后，我才知道发生了什么事。

大头确实去了诺诺家。去之前诺诺告诉大头，她把大头的事儿和她爸妈说了，但她爸妈没表态，只说去了见见再说。

大头心情忐忑地和诺诺家长见面。两位家长脸上看不出情绪，一进门诺诺她妈先问：“诺诺啊，酒店你给人家订了吧？别让人没地方住。”

诺诺眨眨眼：“他可以住我们家呀。”

“我们家住不下。”诺诺她爸看电视，板着脸说。

诺诺皱起眉头，刚要反驳，大头打断她，说：“住酒店，住酒店，本来就该住酒店，哈哈。”

他们坐下吃饭。桌上的气氛很压抑。诺诺不停地说话，夸大头人好，对她很细心，说了很多，大头光顾着傻笑。诺诺爸妈没吭声，她爸还打开了手机听新闻。

好不容易一顿饭吃完，大头正琢磨是不是先把酒店订好。诺诺她爸先开口了。

“诺诺你回屋里去。”他说，“小伙子来客厅，我们谈谈。”

啊？大头不明就里。

“我也一起嘛。”诺诺试图撒娇。

“你回屋去。”诺诺她爸重复一遍。

诺诺只好进卧室，走之前不安地看了看大头。大头挤出一个笑容，冲她摆摆手。

他跟着诺诺她爸在客厅坐下。诺诺她妈去厨房刷碗。大头紧张得口渴，没有人给他倒水，他也不敢开口要。

“小伙子爸妈做什么的？”诺诺她爸问。

大头正襟危坐，老老实实交代家底。

“照这么说，一年收入有二十多万？”诺诺她爸又问。

大头点头。

“我……我收入也还行。”大头觉得他应该表表态，就说，“我想努努力，尽快在北京买房，可能第一套房得买偏一点儿，不过叔叔您放心，我先学车，以后我接送诺诺上下班……”

“我们家这边的习俗，”诺诺她爸慢条斯理地说，“订婚给彩礼，五十万。其他的再说。”

大头一愣。“是我……给？”

诺诺她爸瞪他一眼：“不然呢？”

大头闭上嘴不敢说话。

诺诺在卧室听得真真切切，忍不住推门冲出来。“爸！”她喊，“你胡说什么呢？哪儿来的习俗？五十万，你疯了吧？”

“你知道个屁！”她爸脸沉下来，“滚回去！”

“我不！”诺诺又喊。

她爸把电视遥控器一摔，喊道：“回去！”

大头深吸一口气，说：“诺诺，你先回去吧。”

诺诺咬着嘴唇，瞪着她爸，转身狠狠地把门摔上。

大头勉强笑了一下，说：“叔叔，我……”

“小伙子，话就说到这儿，你自己考虑考虑吧，这是习俗，别说我们难为你。”诺诺她爸扔下这么一句话，起身走出客厅，把大头留在沙发上。

诺诺她妈自始至终都在刷碗，还哼着歌。

大头脸上挂着僵硬的笑容，手死死攥住膝盖，一动没动。

我不知道他是怎么在诺诺老家过的那几天，三天后，他提前回北京，诺诺留在家里，她想改签火车票，但身份证被她妈藏了起来。

大头一开始还愣愣怔怔的，后来在火车上忽然想明白了。什么彩礼，什么五十万，根本都不重要，重要的是，诺诺家长就没看上他。

家长多聪明啊，先问清楚你家的经济状况，然后用彩礼吓退你。给你一个你不能接受的价格，就等于说，你配不上我们女儿，好自为之，趁早去找别家。

一路上诺诺给大头打了好几个电话，大头都没接。

回到北京，睡了一觉。早上，诺诺的电话又打过来，大头犹豫再三，接了。

“大头，对不起。”电话一通诺诺就说。

“我昨天到北京了。”大头说。

“对不起。”诺诺又说。

“路上很顺利。二毛在家也好好的，没乱拉乱尿。”大头说。

“对不起。”诺诺重复。

“没什么好对不起的。”大头笑笑，“我明白叔叔阿姨的意思。”

“我真的不知道会是这样……”诺诺说，“他们想……他们想让我找一个本地人结婚，说踏实，免得将来跑来跑去会有问题。你走之后我和我爸吵了一架，但是……我说不过他。”

“他们还想让我回家，”诺诺接着说，“让我回北京就辞职，回家找一份不那么辛苦的工作，稳定下来，说……我在北京没有出路。我妈已经开始给我安排相亲了。怎么办，大头，我该怎么办？”

大头听着，没回答。

电话里长久的沉默。偶尔能听到诺诺吸鼻子的声音。

“他们有他们的考虑吧。”大头终于说。

“那……我们怎么办？”诺诺细声问，“大头，我们应该怎么办？”

大头顿了顿，“我也不知道。”他说。

诺诺说话声有些颤抖："大头，你爱我吗？"

"爱。"大头哑声回答。

"我也爱你。"诺诺在电话里泣不成声，"我们……是不是不可能在一起了？"

大头还是沉默。

电话挂掉，他大醉了一场，消失了一个星期。我赶出去和他吃饭，发现他整个人瘦了一圈。

我有一会儿没说话，只是举起杯子和他碰杯。

"所以……"我小心翼翼地说。

"没有所以，就这样吧。"大头说。

我叹口气。

"我要是有五十万，就借给你。"我说。

大头沉默，半晌说："你怎么可能有五十万。"

"不要瞧不起人好嘛！"

大头摇摇头。"其实有五十万，或者一百万，都没有用吧。"

我点点头。

“但是有一千万，可能就有用了。”我说。

大头笑笑，没说话。

两个月后，诺诺离开北京，回家乡。铁柱带不走，送给了一个朋友。半年后，她结婚，和一个相亲认识的人，据说双方家长都很满意。

诺诺是不是满意，我们就不知道了。

大头保持着单身，换了一次房子。他还在我们的群里，话不多，最近一次说话，是发现二毛又有了随地排便的倾向，吓得他天天心惊胆战。

我有时候会想，大头和诺诺，他们为什么没有在一起，他们应该在一起才对。

但是仔细想想，这种事情哪有什么应该不应该。应该的事有很多，牙刷应该放在牙缸里，枕头应该放在床上，西瓜应该切开再吃，炒菜应该最后放盐，可是，在一起，却未必。

**如果说两个人相爱的难度，好比从家门口走到楼下超市，那在一起的难度，估计相当于跑了一场马拉松。**

**可能不是所有的人，都能到终点。**

**茫茫人海，我能遇到你，就已经很不容易了。**

所以，请珍惜你身边的那个人。

只愿你们，好好在一起。